序

旅游正在成为中国老百姓日常生活的一部分。在远方，在异地，观览未曾见过的风景，认识陌生的习俗与人情，这使我们的生活获得新的展开，令人兴致勃勃，饶有趣味。

但万事皆因人而异。在某种情形下，旅游也有可能显得颇为无聊。常见游玩的人群到了某个景点，争相围绕一些标志性的建筑、雕塑、题字拍照留念，觉得这样就不负此行。而不肯下功夫的导游则胡编乱造一堆粗滥的“掌故”，逗得游人哄堂大笑，于是皆大欢喜。这么一圈回来，你问他玩得怎么样，回答常常是“没什么意思”。

那么，怎么才叫“有意思”呢？

我们来说一个中国古人常用的非常有趣的概念，叫“造化”。它是一种创造和化育万物的力量，却不是神，不是上帝。它是否有意志呢？古人也不愿深究。你也可以把它理解为天地宇宙内在的生命力，它是永恒和无限。

作为个体存在的生命短暂而渺小，这给人带来许多焦虑。当人们面对自然的时候，万象森然，宏大、壮丽而精妙，喻示着“造化”的神奇与活跃。人在自然中，会感受到自身与永恒之间的联系，体会到正是“造化”源源不绝地将一种智慧注入我们的生命之中。

王羲之的《兰亭诗》：“寥朗无厓观，寓目理自陈。大矣造化功，万殊莫不均。”用白话来说，就是：辽阔而明朗的世界无边无际，当人们注视它的时候，世界的真理就自然而然地呈现出来。伟大啊，造化的业绩，一切存在之物都蒙受它的恩惠。

所以说，自然就是最显著的“神迹”，也是创造者存在的直接证明。杜甫写泰山诗句“造化钟神秀”，隐含着这样的意味。

中国古人还有一个重要的概念，叫“天人合一”。它可以从多个层面来阐释，其中之一，是人与自然的和谐，并由此达成人与天道的一致。

从这里引发出一种思考：相对于天道的永恒而言，从人类社会的权力结构中产生的规则和价值是不稳定的，根据这种不稳定的规则和价值来确认的成功与荣耀是不真实的；当人们在市俗社会中追求成功与荣耀时，他们背离了生命的真实，他们的生命变得轻浮而虚妄。

我曾经特地去浙江桐庐的印渚——这是很少有游人到的小地方——为了体会《世说新语》所记载的那句十分漂亮的话：

> 王司州至吴兴印渚中看，叹曰：“非唯使人情开涤，亦觉日月清朗！”

王司州指东晋时曾任司州刺史的王胡之。他赞美印渚的水。清洁之水可以洗涤污物，这是日常经验范围里的事情，但说它可以使人情“开涤”——由壅塞而致通达，由污秽而致清爽，就有一种玄妙的意味。简单地说，这就是因为人情融合于自然而获得它的超越性，从而使生命状态转化为宽广从容，成为美丽的生命。有“人情开涤”，进而便有“日月清朗”，这也是自然而然。这里“日月”犹如说天地、世界。用晦暗的心看到的世界只能是晦暗的，而明朗的心则使整个世界呈现明朗。在这个短小的故事里，人与自然的一种精神性关联得到非常生动的呈现。

安徽宣城的敬亭山是一座平常的小山，它因为李白的诗而成名：“相看两不厌，只有敬亭山。”这是静默中的对话。山告诉了李白什么呢？山如何让一个诗人不再寂寞？

山水诗、山水画在中国的文学艺术中具有特别重要的地位，就是因为自然在中国文化中具有特殊的价值。

人在大地上、在山川间生存，繁衍；人和人竞逐、厮杀、融合，种种爱恨情仇。人也因此为自然刻上了人文的印记。

譬如说“五岳”。在地理学的意义上它们不相关联，在人文意义它们划定了华夏文化的核心范围，同时也是帝王通过祭祀礼仪阐述皇权神圣性与人间秩序合理性的场所。山高多云，云天相连，而“天”又象征着一个超越性的意志。虽然，所谓君权“受命于天”，所谓“奉天承运”，你要说它带有欺骗性未尝不可，但山的雄伟与礼仪的隆重，多少显示了权力与秩序的庄肃性。无论如何，“天”的意志作为权力的根源，它要求权力满足道义。

五岳又以东岳泰山为尊。泰山多刻石。现存最早的泰山刻石，为李斯碑，由秦丞相李斯撰文并书写。它的两个部分，先后作于秦始皇与秦二世两代。李斯是秦始皇统一中国和建构中央集权制度时代的丞相，称他为“中国第一丞相”也不为过。而这个李斯在始皇突然去世后，与宦官赵高结成肮脏的联盟，最终又屈辱地死于赵高的阴谋。你今天在泰山的岱庙里看到两千两百年前李斯刻石的残件，通过那些字迹揣摩李斯当年的心态，又会想到什么呢？

我们说旅游“有意思”，就是因为这个过程能够使我们从习惯与庸常中摆脱出来，面向长天大地、高山流水，踏入古往今来，与世上豪杰谈论生与死，谈论高贵与卑怯……我们的生命尝试一种可能，就是更广阔、更超脱、更丰富的境界。

旅游宜于诗。《文选》中有《行旅诗》和《游览诗》两个分类，可以算是中国旅游类诗的上源，其中多有佳作。至于唐宋，流脉愈加错综而广大，两涯风光，目不暇给。

我写《〈世说新语〉精读》的时候，曾经把书中涉及的主要地域走过一遍。建业（今南京）犹有乌衣巷，但连刘禹锡所写的“旧时王谢堂前燕”亦了无踪迹。魏晋名士聚居的剡溪，有一大片建成了水库。当地人怜惜风流，在水库岸边重建了一座支道林故居。拿着古书寻访旧迹，好像隔着时空与古人对谈。

我也曾经想带着杜甫的诗集走一遍他的人生道路。寻访他浪游齐赵的轻狂，看一看《垂老别》中送老翁从军的老妇人倒地哀泣之处，如今是何模样，还有《旅夜书怀》，哪里还能看到“星垂平野阔，月涌大江流”？旅游读诗，犹如与古人作伴，寻山问水，谈古论今。时空在我们的想象中切换，历史的根底，生命的根底，在此中时隐时露。

因此我看到这部《跟着唐诗宋词去旅游》书稿就很喜欢。它很精美，构思也很巧妙。诗词原作，对原作的解析鉴赏，对所涉风景文物的介绍，还有相关的摄影，有机地组合在一起。原作当然出于历代名家之手，久已脍炙人口；今人的文字和摄影，也都是用心创作而成。如果你没有闲暇，可以拿它作书上游。如果你带着它去旅游，它会给你做伴侣，做导游——素养很高的导游。你会很好地感受到旅游为何“有意思”。

这部书稿也给读者一个启发：我们可以自己制作这样的书。我们选定路线，选定与这条旅行路线相关的古诗词或者古文，然后在行程中读那些诗篇，在景物之中体会原作的美妙，写成文章，配合摄影。这会形成一个精美的而且格外具有个性特征的纪念品。

为什么不试一试呢?《跟着唐诗宋词去旅游》。

骆玉明

2022 年 4 月

目 录

山岳篇——登高望远　气拔山河

登楼篇——极目远方　襟怀山河

临水篇——碧水滔滔　思绪万千

胜迹篇——昔日烽火　今朝风韵

寻古篇——古今之际　且听且吟

登高望远
气拔山河

山岳篇

望岳

〔唐〕杜甫

岱宗夫如何？齐鲁青未了。
造化钟神秀，阴阳割昏晓。
荡胸生层云，决眦入归鸟。
会当凌绝顶，一览众山小。

诗词小注

杜甫《望岳》诗，共有三首，分别是东岳（泰山）、南岳（衡山）、西岳（华山）。这一首是望东岳泰山。唐玄宗开元二十三年（公元735年），杜甫赴洛阳应进士举，落第，漫游齐、赵（今河南、河北、山东等地）一带，这首诗是游泰山时所作。近岳而望，并未登山，故题作《望岳》。本诗是现存杜诗中年代最早的一首，字里行间洋溢着青年杜甫的蓬勃朝气。

萧涤非评价此诗：全诗没有一个“望”字，但句句写向岳而望。距离是自远而近，时间是从朝至暮，并由望岳悬想将来的登岳。此诗被后人誉为“绝唱”，并刻石为碑，立在山麓。

泰山又称“岱宗”“岱山”，位于山东省中部，“一山一水一圣人”黄金旅游线的核心地带。泰山总面积约426平方公里，主峰玉皇顶海拔高度1545米，气势雄伟，拔地而起，有“天下第一山”之美誉。泰山将历史文化、自然风光、地质奇观和谐融为一体，被誉为中华民族的精神象征。五岳独尊、十八盘、姊妹松、旭日东升等景观被应用到第五套人民币上。1982年泰山被国务院公布为首批全国重点风景名胜区；1987年被联合国教科文组织列为首例“世界文化与自然双遗产”，还拥有世界地质公园、首批国家5A级旅游景区、首批全国文明风景旅游区、首座中国书法名山等荣誉称号。

泰山自古便被视为社稷稳定、政权巩固、国家昌盛、民族团结的象征。秦始皇、汉武帝、唐高宗等6位皇帝先后封禅泰山；孔子、李白、苏东坡等文化名人留下浩如烟海的颂岱诗文。“重于泰山”“稳如泰山”“安如泰山”“泰山鸿毛”等成语妇孺皆知。“登泰山而小天下”“泰山安则四海皆安”等名言名句深得人心。

身临其境

身姿雄奇览胜景

王　沛

巍巍泰山，悠悠华夏。

杜甫诗云："会当凌绝顶，一览众山小。"泰山之高大，固然身姿雄奇，更因为其于炎黄子孙心中之分量。

泰山，又称"岱宗"，五岳之首，东踞齐鲁大地，主峰坐落于山东泰安，海拔 1545 米。上下五千年，多少文人墨客在此览胜景而抒胸臆，挥洒诗意篇章。

唐开元二十四年（公元 736 年），杜甫赴山东省亲，其父杜闲时任兖州司马。杜甫初访泰山即被震撼，挥笔写就流传千古的《望岳》，青年杜甫的意气风发跃然纸上。

泰山学院文学院古典文学研究室主任王伟说：“杜甫以前的诗人写泰山都带着浓厚的神鬼色彩，而《望岳》把泰山从鬼魂、神仙、封禅的迷雾中解放出来，转入了对神秀山川的自然审美，还原泰山自然美的本色。”

被孔孟之乡文化深深吸引，杜甫先后共有7年时间在山东一带游历。

江山留胜迹，我辈复登临。今天，泰山依然吸引着大批游人来此登攀，络绎不绝。

年末，泰安迎来了一场冬雪，泰山上更显热闹起来。晶莹的雪花转着圈，左看看右看看，把山整个儿地装饰了个遍。待到山脚下积雪消退，山顶的冰雪却固执地不肯退去，硬是要留下个雪白的帽子和围巾。瞧，那一棵棵松树像是遭遇了什么重大变故，一夜之间“愁”白了头。

顺着山势，越往上走，云雾缭绕，人群钻进云层，仿入仙境。抵达顶峰，极目远眺，顿感一切登山的辛苦都是值得的。孔子云：“登泰山而小天下。”诚不我欺！

雪后泰山，还偶有云海浮现，蔚为壮观，层层叠叠雪白的云层仿佛生在脚下。《公羊传》曰：“触石而出，肤寸而合，不崇朝而徧雨乎天下者，唯泰山尔。”

拾级而上，踏过的每一层台阶都有无数前人走过的痕迹。盘道两侧，数目繁多的石刻是泰山写就的中华民族之历史，等待着后人翻阅。

泰山之重，在于中华文化之重。泰山的文化史，几乎就是中华民族的文明史。

泰安城南 30 公里，大汶河畔，古老的先民在此逐水而居。“汶水汤汤，行人彭彭。”发源于泰莱山区的大汶河如一条蜿蜒的玉带环绕泰山脚下。泰山玉皇顶有一刻石云：“拔地通天。”正道出了远古先民所以敬畏泰山之因。

据记载，有 72 位帝王封禅泰山。自秦至清，历朝历代帝王封禅祭祀于此，也留下了丰厚璀璨的文化遗产。

现代史家王献唐有言：“往古先民，生聚于斯，历代诸皇，建业于斯。”在汉语语境里，“稳如泰山”“重于泰山”“泰山北斗”等关于泰山的成语众多，耳熟能详，泰山文化已经深深融入中华民族的文化血脉。

行走在崎岖蜿蜒的盘道上，两侧石刻如放电影一般，一帧连一帧，让人目不暇接。从帝王到百姓都难掩对泰山的仰止之情，书法之美亦在山间流淌。据统计，泰山现存各类刻石 1600 余处，数量之多为中国名山之冠。

如今，越来越多的人慕名而来，带着对未来的希冀，登上泰山之巅，在东方这座雄山之上，等待着新一天的第一缕阳光。

延伸阅读

送范山人归泰山

〔唐〕李　白

鲁客抱白鹤，别余往泰山。
初行若片云，杳在青崖间。
高高至天门，日观近可攀。
云山望不及，此去何时还！

顺道游

岱庙是全国重点文物保护单位，位于泰安市城区北部，在南起旧泰城南门，北接岱顶南天门中轴线上。旧称“东岳庙”，又叫泰庙，主祀“东岳泰山之神”，也是古代帝王来泰山封禅告祭时居住和举行祭祀大典的地方。

岱庙历史悠久，史料记载：岱庙“秦即作畤，汉亦起宫”。唐开元十三年（公元 725 年）增修，宋大中祥符二年（公元 1009 年）又进行了大规模的扩建，后经金、元、明、清历代拓修，逐渐形成了规模宏大的建筑群。

岱庙的建筑按照帝王宫城形制营造，城堞高筑，殿宇巍峨。周辟八门，四角有楼，前殿后寝，廊庑环绕。其主体建筑——宋天贶殿采用中国古代建筑最高规格建造，重檐庑殿顶，与北京故宫太和殿、曲阜大成殿，并称为中国三大宫殿式建筑。殿内绘有宋代大型壁画——《泰山神启跸回銮图》，是弥足珍贵的文物瑰宝。

梦游天姥吟留别

〔唐〕李 白

海客谈瀛洲，烟涛微茫信难求；
越人语天姥，云霞明灭或可睹。
天姥连天向天横，势拔五岳掩赤城。
天台四万八千丈，对此欲倒东南倾。
我欲因之梦吴越，一夜飞度镜湖月。
湖月照我影，送我至剡溪。
谢公宿处今尚在，渌水荡漾清猿啼。
脚著谢公屐，身登青云梯。
半壁见海日，空中闻天鸡。
千岩万转路不定，迷花倚石忽已暝。

诗词小注

这是一首记梦诗，也是一首游仙诗。因其意境雄伟，变化惝恍莫测，艺术形象缤纷多彩，表现手法新奇，向来为人传诵，被视为李白的代表作之一。

唐天宝三年（公元 744 年），李白被“赐金还山”，离开长安，再到东鲁（今山东省南部），次年又准备南游吴越，于是写下了这首著名的留赠友人的诗篇。这首诗名又题作《别东鲁诸公》，殷璠《河岳英灵集》作《梦游天姥山别东鲁诸公》。

熊咆龙吟殷岩泉，栗深林兮惊层巅。
云青青兮欲雨，水澹澹兮生烟。
列缺霹雳，丘峦崩摧。
洞天石扉，訇然中开。
青冥浩荡不见底，日月照耀金银台。
霓为衣兮风为马，云之君兮纷纷而来下。
虎鼓瑟兮鸾回车，仙之人兮列如麻。
忽魂悸以魄动，恍惊起而长嗟。
惟觉时之枕席，失向来之烟霞。
世间行乐亦如此，古来万事东流水。
别君去兮何时还？且放白鹿青崖间。
须行即骑访名山。
安能摧眉折腰事权贵，使我不得开心颜！

此诗借梦游这一可以自由驰骋的艺术天地，纵情恣意，抒发诗人离开长安以来郁积于心的对黑暗现实无比憎恨的情感，并表明自己宁愿放白鹿于青岩之间，悠游岁月，誓不同流合污的决心。

全诗句式参差，四言、五言、六言、七言、九言并用，还兼有屈原《离骚》的句式。随着内容的变化和感情的起伏，长歌短调，自由舒展，造成磅礴气势，高扬着诗人傲岸不羁的浪漫主义精神。

天姥山位于绍兴新昌县城东南，主峰距离县城约 50 公里，绵延 10 公里，山脉来自括苍山，属天台山余脉，主峰海拔 818.1 米。

从高度来看，天姥山不算高，但它却是驰名中外的中国文化名山。古人云“山不在高，有仙则名”，天姥山有着一千几百年的文化积淀，关于天姥山的众多神话在古书上屡有记载，民间关于仙人的传说更是丰富多彩，口口相传。

天姥山又是一座风景名山，为道教第十六福地，群峰林立，千态万状，是中国山水诗、山水画的发祥地。南朝宋元嘉年间，朝廷听说了天姥山的美名，特地派画师把天姥山美景画于白团扇上，也是件风雅的事。

自古以来，这里有修道者与文人墨客寄情山水，诗文唱和，特别是唐代李白的一首《梦游天姥吟留别》，把天姥山推上新的高度，所以天姥山可谓是浙东唐诗之路上的一颗璀璨明珠，也被称为“仙山”“诗山”。

2009 年 12 月，天姥山入选为第七批国家级风景名胜区。近年来，这里又投资建造游客中心、仙缘剧场、金银台、天姥书院、云之台等建筑，游览天姥山有了可听、可观、可游、可拍的景观。

悠悠唐诗路　梦回天姥山

郑海鸥

这首千古名篇带世人领略了神奇天姥山的瑰丽与奇特，分享了诗仙的豁达与不羁。天姥山也由此名声大振、流传千古。

李太白梦游天姥山

天姥山地处今浙江省绍兴市新昌县东南部，留存有“天姥古道”，为浙江省省级文物保护单位。从天姥门户新昌县班竹村出发，植被葱茏，空气清新，任继愈先生题写的“天姥山”三个大字立于路边。攀天姥古道，登会墅岭，可遥望天姥主峰，远处群山绵延、比肩接踵，“连天向天横”。古道旁有古泉眼，泉水清冽，沁人心脾。

据《天姥山志》主编徐跃龙考证，到了晋宋时期，谢灵运与这座被赋予瑰丽神话色彩的天姥山结下了不解之缘，其《登临海峤初发疆中作与从弟惠连见

羊何共和之》云："攒念攻别心，旦发清溪阴。暝投剡中宿，明登天姥岑。高高入云霓，还期那可寻。傥遇浮丘公，长绝子徽音。"

岁月流转到唐代，李白初出四川即有《秋下荆门》，其云："霜落荆门江树空，布帆无恙挂秋风。此行不为鲈鱼鲙，自爱名山入剡中。"表达了对剡中的仰慕。李白想循着谢灵运的旧径上天姥山，找寻"谢公宿处"，"脚著谢公屐，身登青云梯"，"且放白鹿青崖间。须行即骑访名山"。

因为谢灵运和李白，天姥山声誉日隆。实际上，李白之外，仅唐代就有几百位诗人不吝对天姥山的赞美。据不完全统计，唐代以天姥山为题材的诗歌多达400余篇。

千首唐诗铺就唐诗路

登天姥山、飞度镜湖、至剡溪……李白诗歌中的这一路线，构成了浙东唐诗之路的重要部分。从地理上来看，浙东唐诗之路从钱塘江出发，经绍兴，自镜湖向南过曹娥江，溯源而上，入浙江剡溪，走新昌的沃洲、天姥，过天台山石梁飞瀑，干线支线加起来总长1000多公里，穿越近30个县市。

扫码观看

据“浙东唐诗之路”概念的创立者竺岳兵考证，共有450多位唐代诗人为这条道路留下了1500多首唐诗。王维、李白、杜甫、元稹、温庭筠、颜真卿等大师均留有名篇。他们有的失意而来却乘兴而归，有的欣喜而来并长久停留……1993年经过中国唐代文学学会多次论证，“浙东唐诗之路”正式定名。新昌县对浙东唐诗之路的研究也持续到现在。

如今，这条唐诗铺满的古道留有众多古驿道、古石桥。驿道多为鹅卵石铺就，经历了千百年马蹄和脚步的亲吻，风雨和岁月的冲刷，石子个个光亮温润。古道上，青草与石子和谐自由地生长，愈显自然的亲切和岁月的光华。

厚重文化为旅游增辉

“自古以来，浙东既以奇山异水驰名海内，又以人文遗迹享誉世间。当年李白、杜甫不远千里扬帆游浙，吸引他们的既是天姥、赤城、剡溪、镜湖的山色湖光，也是勾践、范蠡、朱买臣的余风遗烈。同样，今天的唐诗之路也兼有自然地理和人文历史两方面的意义。游者至此，定可获得山水美景与唐诗神韵的双重审美享受，从而增强对祖国大好河山与悠久文化的热爱。”著名学者莫砺锋说。

新昌县依托浙东唐诗之路遗存的古驿道、古石桥等众多历史文物资源，在横板桥村、班竹村、会墅岭村、茅洋村等地发展起了乡村旅游。在古驿道两旁进行景观维护和民居改造，村民背唐诗、贴唐诗，游客络绎不绝。

延伸阅读

游山西村

〔宋〕陆　游

莫笑农家腊酒浑，丰年留客足鸡豚。
山重水复疑无路，柳暗花明又一村。
箫鼓追随春社近，衣冠简朴古风存。
从今若许闲乘月，拄杖无时夜叩门。

顺道游

绍兴历史悠久，文化厚重。绍兴建城史超过 2500 年，被称为“没有围墙的博物馆”“东亚文化之都”，中国的上下 5000 年文明，都能在绍兴找到遗存、得到印证。

1 万多年前嵊州小黄山已有先民活动，7000 多年前绍兴属河姆渡文化区域，春秋战国时期绍兴是越国的中心，南宋定名为绍兴并延续至今。绍兴文化几千年来绵延不绝：越王勾践“卧薪尝胆”造就的越文化，源于大禹治水、马臻筑湖的治水文化，“天下黄酒源绍兴”的黄酒文化，以兰亭“曲水流觞”为源头的书法文化，以越剧和绍剧为主体的戏曲文化，由 1 万多座桥梁和 600 多座古桥构成的桥文化，由唐代 400 多位诗人游历绍兴、咏叹“稽山鉴水”形成的“唐诗文化”等，都已成为中华文明的璀璨明珠。舜禹遗迹、越国古址、秦汉碑刻、唐宋摩崖、明清故居展现着历史的光辉，大禹陵、兰亭、古桥群、古纤道等文物古迹随处可见，拥有全国重点文物保护单位 30 余处。

特色小品

越剧起源于绍兴。越剧长于抒情，以唱为主，声腔清悠婉丽，优美动听，表演真切动人，极具江南地方色彩。

社戏是流行于绍兴的传统民间娱乐风俗，是旧时绍兴城乡春秋两季祭祀社神所演的戏，用以酬神祈福。社戏源于该地农村春秋两季祭祀社神（土地神）习俗。先时，春社为祈求五谷丰登，秋社为庆贺一年丰收，后发展为以演戏酬神祈福，进而沿袭为民间文化娱乐活动。

永遇乐·京口北固亭怀古

〔宋〕辛弃疾

千古江山，英雄无觅，孙仲谋处。
舞榭歌台，风流总被，雨打风吹去。
斜阳草树，寻常巷陌，人道寄奴曾住。
想当年，金戈铁马，气吞万里如虎。
元嘉草草，封狼居胥，赢得仓皇北顾。
四十三年，望中犹记，烽火扬州路。
可堪回首，佛狸祠下，一片神鸦社鼓。
凭谁问，廉颇老矣，尚能饭否？

诗词小注

此首为词人于宋宁宗开禧元年（公元 1205 年）在镇江知府任上的登高怀古之作，抒英雄不服老去、报国无路请缨的忧愤之情。上片就眼前的大好河山追念历史上的英雄业绩，下片就历史教训和个人往事以寄隐忧之情。

京口是三国时期孙权设置的重镇，并一度为都城，也是南朝宋武帝刘裕生长的地方。面对雄伟江山，缅怀历史上的英雄人物，正是像辛弃疾这样的英雄志士登临应有之情，题中应有之意，词

正是从这里着笔的。学者马群鉴赏道：这首词的下片共十二句，有三层意思。层层转折，愈转愈深。被组织在词中的历史人物和事件，血脉动荡，和词人的思想感情融成一片，给作品造成了沉郁顿挫的风格、深宏博大的意境。

诗意旅游

北固山是镇江三山名胜之一，远眺北固，横枕大江，石壁嵯峨，山势险固，因此得名北固山。三国时“甘露寺刘备招亲”的故事就发生在北固山。以险峻著称的北固山，因三国故事而名扬千古。山上亭台楼阁、山石涧道，无不与三国时期孙刘联姻等历史传说有关，成为游人寻访三国遗迹的向往之地。

身临其境

满眼风光北固楼

姚雪青

“镇江山水甲于东南，气势之雄首推北固。”位于江苏镇江市区东侧江边的北固山曾经三面环水，经过历史变迁，长江易道，两边的江水逐渐退去，使其慢慢和陆地相连。时空流转，镜头倒带，800多年前，伫立于长江之滨，站在北固山巅，辛弃疾一定是感慨万千。那一刻，他看到了什么？他所感怀的历史在这里又有着怎样的传奇呢？

登山观楼　相婿梳妆望江水

沿着东吴古道拾级而上，道旁枫杨遮日，沿途林木苍翠。江南特有的气候赋予了北固山“春紫、夏黄、秋红、冬绿”四季分明的景色。那年，辛弃疾如在春天来到此处，有没有看到小径两旁开满的紫色小花呢？是否也从古城墙斑驳的墙面上看到了历史的光影？

古往今来，多少文人墨客都曾登临北固山览胜，留下了千古传诵的佳句。三国时期，北固山是东吴要塞。这里的诸多古迹，也与孙刘联盟、拒曹鼎立的历史及传说有关。相传刘备来东吴招亲时见北固山雄峙江滨，大江东去，不禁赞叹：“此乃天下第一江山也！”

往山上走，遇到一个岔路口，登左边而上，就看到一座画梁飞檐楼阁多景楼。这座楼因米芾题书“天下江山第一楼”匾额而闻名，相传吴国太曾在此相看刘备，孙尚香出嫁前曾在此梳妆，所以又叫“相婿楼”“梳妆楼”。但实际上，这可能出自人们美好的想象。多景楼始建于唐代，楼名取自李德裕《临江亭》“多景悬窗牖”的诗句。回廊四通，滔滔江水映入眼帘。

史书记载，北固山著名的北固楼始建于东晋初期，一直为朝廷兵家重楼。公元544年，梁武帝萧衍御驾北固楼，亲笔题字“天下第一江山”。此后，它渐由军事重楼成为游览及文人赛诗题词之名楼。目前我们看到的北固楼为2010年所复建，是一座三层的宋式仿古十字脊阁楼式建筑。它按宋代《营造法式》的规制营建，屋顶采用琉璃瓦，很有江南楼阁特色。

舞榭歌台　祭江亭里访古今

在北固山后峰的最高处是祭江亭。南宋爱国将领辛弃疾曾登临此地，抒发收复失地、报国强民的呼声。眼前仍是波涛汹涌、大江东去的景色，当年的舞榭歌台也还在，却再也难寻孙权那样的英雄，辛弃疾回望这段历史不禁长叹。

祭江亭的由来，大概要使刘备甘露寺相亲有个结局吧。北固山上的甘露寺始建于东吴时期，相传是孙权为其母吴国太所建，专供吴国太烧香拜佛之用。《三国演义》中描写了“吴国太佛寺看新郎，刘皇叔洞房续佳偶”的故事，其中的佛寺指的就是这里。周瑜的美人计被诸葛亮识破，将计就计，孙刘联姻的事弄假成真，“周郎妙计安天下，赔了夫人又折兵”。

相传，刘备病死白帝城，孙夫人闻听噩耗，到北固山顶祭奠刘备。摆上供品，向西遥祭后，她趁丫鬟不备纵身跳入滚滚长江。有一出京剧叫《三江祭》，讲的就是孙夫人祭亡夫的故事。

连接北固山前峰、中峰、后峰的一条山脊，因其形似一条昂首、拱背、翘尾的巨龙而得名叫“龙埂”。当年孙权割据江东，他从前峰的铁瓮城到后峰的甘露寺，都要从这条路经过。辛弃疾到来此山或许也曾沿途追寻过先人的足迹。千百年过去，当年的脚步声渐行渐渺，看风景的人也已隐入历史波澜壮阔的背景中，但北固山上依然流传着他们的传说。

“黯淡了刀光剑影，远去了鼓角争鸣。”行走北固山间，一切似乎都还历历在目。

西塞山怀古

〔唐〕刘禹锡

王濬楼船下益州，
金陵王气黯然收。
千寻铁锁沉江底，
一片降幡出石头。
人世几回伤往事，
山形依旧枕寒流。
今逢四海为家日，
故垒萧萧芦荻秋。

诗词小注

唐长庆四年（公元824年），刘禹锡由夔州刺史，调任和州刺史，沿长江东下，途经湖北黄石东面的西塞山，即景抒怀，写下了这首诗。西晋太康元年（公元280年），晋武帝命王濬率领以高大的战船组成的水军，顺江而下，讨伐东吴。诗人便以这件史事为题。

这首诗寓深刻的思想于纵横开阖、酣畅流利的风调之中。清代屈复评这首诗说“前四句止就一事言，五以‘几回’二字括过六代，繁简得宜，此法甚妙”。（《唐诗成法》）清代纪昀评“第六句一笔折到西塞山是为圆熟”。（《瀛奎律髓》纪评）

诗意旅游

西塞山在今湖北黄石东面的长江边，岚横秋塞，山锁洪流，形势险峻，是六朝有名的军事要塞。《水经注·江水》:“江之右岸有黄石山，水迳其北，即黄石矶也。……山连延江侧，东山偏高，谓之西塞。东对黄公九矶，所谓九圻者也。于行小难，两山之间为阙塞。”三国时，西塞山一带成为吴国境内重要的江防前线。

黄石西塞山区内发现的石龙头旧石器遗址距今28.4万年，是黄石地区迄今发现最早的古人类活动遗迹。河口镇道士洑村的端午节俗“西塞神舟会”传承了2000多年，是目前黄石地区唯一的世界非物质文化遗产。此外，西塞山区还是中国近代民族工业发祥地之一，被称为“钢铁摇篮”“水泥故里”“煤炭之乡”。

骋怀千古　山形依旧

田豆豆

湖北黄石的西塞山位于长江南岸。山体不大，但向江而凸，壁立江心，长江水道在此突然变窄，西塞山因此占尽兵家地利，成为长江要塞。

东吴的亡国之君孙皓，凭借长江天险，并在江中暗置铁锥，再加以千寻铁链横锁江面，自以为是万全之计。谁知王濬用大筏数十，冲走铁锥，以火炬烧毁铁链，结果顺流鼓棹，径造三山，直取金陵。唐代诗人刘禹锡的《西塞山怀古》借"铁索横江"战役咏史，发思古之幽情，成就了"人世几回伤往事，山形依旧枕寒流"的千古绝唱。

千余春秋转头过，如今西塞山犹在，山上飞鸟云集，山下江水滔滔。

登山游览，穿林而上，景色渐渐开朗。在"西塞残雪"处，即可眺望崖壁与江景。此处"残雪"并非真雪，而是因春秋季节大量候鸟飞来，禽鸟之羽粪

涂在崖壁灌丛上，将其染出了“雪”的颜色。

北望亭是西塞山俯视长江奔流的最佳地点，亭上对联撞击心灵：骋怀今古千秋事，放眼乾坤万里心。

沿山路向下，仍可继续寻幽访胜。循着箭头指引，向桃花古洞进发，山路虽然狭窄陡峭，但更有野趣。途中可遇明代进士朱其昌手书“西塞山”三个大字。西塞山沿江小道上，有一处悬崖与奇石夹道，道窄仅容一人侧身通过，

名为“一线峡”。这是西塞山沿江小道最危险处，峡下浪翻涛滚，幸有铁索保护。

过了“一线峡”便是桃花古洞，它位于西塞山北侧临江的陡壁间，洞口高约 3 米，上圆下方，形如庙门，入内 2 米处被钟乳石封闭。洞下有一小道，沿悬崖向下蜿蜒直抵江边，是古钓鱼台。因江流漩涡较多，钓鱼爱好者在此垂钓，往往收获颇丰。

独坐敬亭山

〔唐〕李　白

众鸟高飞尽，孤云独去闲。
相看两不厌，只有敬亭山。

诗词小注

李白一生共七游宣城（今安徽宣州市），这首五绝作于唐天宝十二年（公元753年）秋游宣州时，距他被迫于天宝三年（公元744年）离开长安已有将近十年时间了。长期漂泊生活，使李白饱尝了人间辛酸滋味，看透了世态炎凉，从而加深了对现实的不满，增添了孤寂之感。此诗写独坐敬亭山时的情趣，正是诗人带着怀才不遇而产生的孤独与寂寞的感情，到大自然怀抱中寻求安慰的生活写照。

“静”是全诗的血脉。这首平淡恬静的诗之所以如此动人，就在于诗人的思想感情与自然景物的高度融合而创造出来的“寂静”的境界。清人沈德潜在《唐诗别裁集》中称此诗“传‘独坐’之神”。

诗意旅游

敬亭山位于安徽省宣城市北，水阳江畔。原名昭亭山，西晋时为避文帝司马昭名讳，改称敬亭山。

敬亭山属黄山支脉，山势呈西南—东北走向，大小山峰60座，拥有一峰、净峰、翠云峰三大主峰，最高峰翠云峰海拔324.1米。

敬亭山自唐代以来，登临日隆，历代修建的楼台亭阁、寺庙宫观、摩崖石

刻等风景名胜多达50余处。目前，敬亭山是安徽省级风景名胜区，国家森林公园，国家4A级旅游景区。

敬亭山自古诗人地，南齐谢朓任宣城太守时，赞美敬亭山“兹山亘百里，合沓与云齐”“绿水丰涟漪，青山多绣绮”。李白一生七次飘然敬亭山，更是发出“众鸟高飞尽，孤云独去闲。相看两不厌，只有敬亭山”的千古绝唱。敬亭山遂因谢朓、李白的诗名成为吟无虚日、名齐五岳的“江南诗山”。

身临其境

扫码观看

宣城敬亭“江南诗山”

叶　琦

李白诗中的敬亭山坐落于安徽省宣城市北郊的水阳江畔，原名昭亭山，晋初为避帝讳，改名敬亭山，属黄山支脉，东西绵亘十余里，因南齐谢朓《游

敬亭山》和唐李白《独坐敬亭山》诗篇传颂声名鹊起。而后白居易、杜牧、韩愈、刘禹锡、梅尧臣、汤显祖、施闰章、梅清、梅庚等慕名登临，吟诗作赋，绘画写记，历代吟诵敬亭山的诗、文、画达千数，敬亭山便有了“江南诗山”的美号。

车到敬亭山脚下，跨进眼帘的是两座徽派风格的石门坊，上有楚图南的题字和李白、陈毅的诗作。视线透过石门坊，在蓝天白云的映衬下，青葱翠绿的敬亭山满目灵秀，山峦绵延，云漫雾绕，林壑幽深。

人说高山仰止，最高海拔只有324米的敬亭山不需翘首，从山脚出发，快的话一刻钟的时间便能登上山顶。没有嵯峨峥嵘的奇石怪岩、奔流直下的飞瀑，相较大山名岳，敬亭山似乎过于平凡。

然而，“山不在高，有仙则名”。敬亭自古以来就为文人名士所偏爱，留下大量吟诵。游山时在“太白独坐楼”片刻小憩，抿一盅“敬亭绿雪”名茶，觉灵感顿生、文思泉涌。

自南齐诗人谢朓任宣城太守以来的1000多年间，敬亭山便成为“吟无虚日”的江南诗地。谢朓的“余霞散成绮，澄江静如练”“兹山亘百里，合沓与云齐”等佳句名篇，开创了山水诗的新风。

其后，一代诗仙李白七访敬亭山。关于敬亭山，李白作诗45首，其中《独坐敬亭山》成了千古绝唱。独坐敬亭，回首蹉跎岁月，抑或怀才不遇、知音难觅？青山与诗人独对，坐看云卷云舒，敬亭山就此在唐诗中定格。如今置身于此，仿佛能聆听一个旷世奇才和一个隐逸诗人间的心灵对语。

从此，敬亭山招来了行色匆匆的旅人——白香山来了，杜牧之来了，欧阳修来了，苏东坡来了，文天祥来了……追寻谢李、挥毫泼墨，自唐至清，300多位书画名家在此留下近千篇作品。陈毅也曾写过一首吟咏敬亭山的诗篇：“敬亭山下橹声柔，雨洒江天似梦游。李谢诗魂今在否？湖光照破万年愁。”

在敬亭山，仍存有广教寺双塔和古照亭石坊等诸多古迹，谢公亭、太白楼、李白独坐处等古迹荡涤着历史的回忆。位于敬亭山南麓的广教寺双塔，建于北宋绍圣三年（公元1096年），至今已有900多年历史了，东西对峙、巍峨挺秀，在夕阳的映照下倍感沧桑；谢朓任宣城太守时所建的谢朓楼，登楼可眺全山，“谁念北楼上，临风怀谢公”“抽刀断水水更流，举杯消愁愁更愁”等李白的著名诗歌都源于此，与岳阳楼、黄鹤楼、滕王阁并称为江南四大名楼。

同样，敬亭的佛教文化声名远播，鼎盛时形成“山前山后寺连珠，寺外青山列画图”的景象。据史料记载，清代高僧石涛和尚，在敬亭山广教寺寓居近20年，与宣城画家梅清结下不解之缘，二人相互切磋画艺，成为中国黄山画派的两个代表性人物。至今山上仍然保留着宋代广教寺双塔、古昭亭坊、虎窥泉等历史遗存。

为适应现代人生态休闲的需要，宣扬敬亭山深厚的文化积淀，宣城市正朝着“天下诗山、国际慢城”的目标不断努力。到敬亭山，不但能听到李白与玉真公主凄美的爱情故事，同样可以领略宣酒文化的源远流长，相传这酒便是李白当年最爱的老春酒。漫步山间，满山遍野的茶林，使人心旷神怡，这里产的敬亭绿雪茶是古代贡品，清代施闰章曾咏:“敬亭雀舌争相传，手制从过谷雨天。酌向素瓷浑不变，乍疑花气扑山泉。”

为建设“国际慢城”，再现李白诗中“青山横北郭，白水绕东城”的美丽景象，近年来宣城市以建设公园城市的标准，推进“一山、一河、一湖、多园”

等项目建设。敬亭山已经建设成为国家森林公园并免费向市民开放。

一条长 5.36 公里的宛溪河，如同一个绿色的景观轴贯穿城市南北，她北接敬亭山，南连 3.6 平方公里的宛陵湖，加上多个城市公园点缀在市区，形成了“城在山水中，山水在城中”的优美画卷。深入这座城市，你会感受到她历史悠久，文化厚重。

延伸阅读

过松源晨炊漆公店

〔宋〕杨万里

莫言下岭便无难，赚得行人错喜欢。
正入万山圈子里，一山放出一山拦。

望庐山瀑布

〔唐〕李 白

日照香炉生紫烟，
遥看瀑布挂前川。
飞流直下三千尺，
疑是银河落九天。

诗词小注

李白“一生好入名山游”，遍观祖国的名山大川，把它们独到的特色，用丰富多彩的艺术手段表现出来。这首诗在写作上，有夸张，有比喻，语言清新自然，浅显生动，短短28个字，把瀑布写活了，写绝了，不但使读者看到了庐山瀑布，也看到了游人对瀑布的惊叹，甚至还能听到飞湍瀑流的喧豗声。《望庐山瀑布》一组二首，另一首是五古，“海风吹不断，江月照还空”二句，为与此诗共传千古的状写瀑布的名句，均妙在于壮阔中见空灵。

香炉，指庐山香炉峰，“在庐山西北，其峰尖圆，烟云聚散，如博山香炉之状”（宋乐史《太平寰宇记》）。到了诗人李白的笔下，便成了另一番景象：一座顶天立地的香炉，冉冉地升起了团团白烟，缥缈于青山蓝天之间，在红日的照射下化成一片紫色的云霞。这不仅把香炉峰渲染得更美，而且富有浪漫主义色彩，为不寻常的瀑布创造了不寻常的背景。接着诗人才把视线移向山壁上的瀑

布。赵其钧品鉴道，“遥看瀑布挂前川”，前四字是点题，“挂前川”，这是“望”的第一眼形象，瀑布像是一条巨大的白练高挂于山川之间。“挂”字很妙，它化动为静，惟妙惟肖地表现出倾泻的瀑布在“遥看”中的形象。谁能将这巨物“挂”起来呢？“壮哉造化功”（《望庐山瀑布水二首》其一）！所以这“挂”字也饱含着诗人对大自然的神奇伟力的赞颂。

诗意旅游

庐山，又名匡山、匡庐，位于江西省九江市庐山市境内。东偎婺源、鄱阳湖，南靠滕王阁，西邻京九铁路大通脉，北枕滔滔长江。长约 25 公里，宽约 10 公里，主峰汉阳峰，海拔 1474 米。山体呈椭圆形，典型的地垒式块段山。

庐山以雄、奇、险、秀闻名于世，是世界文化遗产、世界地质公园、国家重点风景名胜区、国家 5A 级旅游景区、中华十大名山、中国最美十大名山、全

国重点文物保护单位、中国四大避暑胜地、首批全国文明风景旅游区示范点。

庐山奇秀，突出表现在险峰、幽谷、瀑布、云雾等类型的景观之中。诗人白居易曾这样评价庐山的美："匡庐奇秀，甲天下山。"千年来，这句名言成为中国人对庐山众口皆碑的评论。

身临其境

匡庐奇秀甲天下

吴齐强

在历代文人墨客吟咏庐山的1.6万余首诗词中，这首诗堪称经典。

唐开元十三年（公元725年），李白25岁，夏游庐山，作《望庐山瀑布》。诗言志。形象雄伟，气势磅礴，不仅展现出诗人的豪情壮志和开阔胸襟，更是

盛唐气象的文化折射。

耸立长江边、紧傍鄱阳湖，庐山风光以“奇、秀、险、雄”闻名于世，素有“匡庐奇秀甲天下”的美誉。

“一山飞峙大江边，跃上葱茏四百旋。”山路弯弯，一弯接一弯，沿途有美景可观，倒是省去不少提心吊胆。

庐山瀑布是由三叠泉瀑布、开先瀑布、石门涧瀑布、黄龙潭和秀峰瀑布、王家坡双瀑和玉帘泉瀑布等组成的庐山瀑布群，被誉为中国最秀丽的十大瀑布之一。庐山著名的三叠泉瀑布，落差达 155 米，未见其面，早闻其声。

李白诗中所描绘的瀑布，就是著名的庐山开先瀑布。它是同源异流的东西两瀑。东瀑自鹤鸣、龟背两峰之间奔流而出，由于受到两崖窄隘迫束，瀑布跌落过程中，水流散开，形若马尾，故名马尾瀑。西瀑自黄岩山巅倾泻下来，跌落在双剑峰顶的大龙潭中，再绕出双剑峰东，缘崖悬挂数百丈，名黄岩瀑，渐与马尾瀑合流经青玉峡狂奔至龙潭中。在阳光里，瀑布水面泛着银光点点，蔚

为壮观。那瀑布水跌落过程中，溅激起的无数水花雨雾，则经山风吹拂，化为阵阵烟云，随风飘入云际。

李白将庐山瀑布写得有声有色，淋漓尽致。其实，一年四季，庐山美景不断。巍峨挺拔的青峰秀峦、喷雪鸣雷的银泉飞瀑、瞬息万变的云海奇观、俊奇巧秀的园林建筑，无不令人流连忘返。

“人间四月芳菲尽，山寺桃花始盛开。”“庐山东南五老峰，青天削出金芙蓉。”“不识庐山真面目，只缘身在此山中。”“天生一个仙人洞，无限风光在险峰。”……这些诗篇与《望庐山瀑布》一样家喻户晓，成为中国诗歌中的极品，也让庐山蜚声海内外。

延伸阅读

题西林壁

〔宋〕苏　轼

横看成岭侧成峰，远近高低各不同。
不识庐山真面目，只缘身在此山中。

顺道游

鄱阳湖，中国第一大淡水湖，也是中国第二大湖，位于江西省北部、长江南岸。有 70% 的水域在江西省九江市境内，其余 20% 的水域在江西省上饶市境内，10% 的水域在江西省南昌市境内。汇集赣江、修河、鄱江（饶河）、信江、抚河等水经九江市湖口县城注入长江。

鄱阳湖是世界上最大的鸟类保护区，每年秋末冬初，有成千上万只候鸟，从俄罗斯西伯利亚、蒙古、日本、朝鲜以及中国东北、西北等地来此越冬。如今，保护区内鸟类有 300 多种，近百万只，其中白鹤等珍禽 50 多种。鄱阳湖被称为“白鹤世界”“珍禽王国”。

极目远方
襟怀山河

登楼篇

登鹳雀楼

〔唐〕王之涣

白日依山尽，黄河入海流。
欲穷千里目，更上一层楼。

诗词小注

此诗是一首为人们所激赏的览胜名篇，历来评家论此诗，都赞叹其宏阔而富于哲理。当诗人登上鹳雀楼，举目眺望，壮丽河山尽收眼底。在苍茫暮色中，一轮明晃晃的夕阳，正从山的背后慢慢落下去了，而脚下滔滔黄河奔腾不息，雄浑阔大，气吞宇宙。“欲穷千里目，更上一层楼”，不仅把高瞻远瞩的壮观提到一个新的更高的境界，而且表现为极富哲理的情趣，给人以无尽的遐想。

这首诗在写法上有一个特点：它是一首全篇用对仗的绝句。清人沈德潜在《唐诗别裁集》中选录这首诗时曾指出：“四语皆对，读来不嫌其排，骨高故也。”此诗前一联用的是正名对，所谓“正正相对”，语句极为工整，又厚重有力，更显示出所写景象的雄大；后一联用的是流水对，虽两句相对，而没有对仗的痕迹，可见诗人运用对仗的技巧之纯熟。

诗意旅游

鹳雀楼，又名鹳鹊楼，因时有鹳雀栖其上而得名，位于晋秦豫三省交界的山西永济蒲州古城西郊外的黄河岸畔。唐代诗人王之涣的一首《登鹳雀楼》“白日依山尽，黄河入海流。欲穷千里目，更上一层楼”，使其名扬天下声播四海，成为黄河流域的标志性建筑。

鹳雀楼始建于北周时期，为一座军事戍楼，历唐经宋存世七百余年，于元朝初年毁于战火，直到 1997 年得以第一次重修，于 2002 年 9 月正式对游人开放。新修的鹳雀楼通身采用唐代油漆彩画装饰，为四檐三层的仿唐式建筑，楼体高 73.9 米，坐南朝北，北依黄河水，南枕中条山，远可眺舜都遗址，近可瞰黄河之水天上而来。

目前，鹳雀楼景区占地面积 2.064 平方公里，以鹳雀楼为中心，四周以古典园林分布，呈“四区十二点”布局结构，包括楼游览区、黄河风情游览区、

山水游览区、康乐游览区等，整个景区以鹳雀楼独特的人文底蕴和厚重的黄河文化为根基，以弘扬爱国主义为主题，以“欲穷千里目，更上一层楼”的磅礴气势为主旋律，开成“上下五千年，放眼看世界”的高远意境，成为国内外游人观光、游览、休闲、度假的国家级旅游景区。

身临其境

山西永济

穷目千里鹳雀楼

孟　扬

扫码观看

“十个字”，尺幅千里，让登高才能望远的朴素哲理拥有了余韵千年的诗意；“一首诗”，传诵千载，让蓄集着激情才思的鹳雀楼长久地留在视线里——

走进山西永济市蒲州古城，正是“白日依山尽”的傍晚时分，远远望去，黄河岸畔的鹳雀楼更多了一分诗意。登楼凭栏，极目远方，襟怀山河的舒畅瞬

间将我带入诗中的意境。此时，夕阳给河岸滩涂铺洒着温暖柔和的光晕，荡漾的河水凝成金色的波痕。大河汤汤，荡气回肠。近处，苍翠的中条山静谧安详，让飞檐高耸的楼阁有了稳固的屏障与依托。远处，河对岸深黛的华山，凝重雄浑，起伏着悠远的苍茫。据说，“中华”二字正来源于这两山间。黄河岸边，眼前的这一片土地，古称蒲坂，曾为尧舜都城，正是中华民族文明的发祥地，回想起曾在这片土地上描绘出的一幕幕波澜壮阔的历史画面，不禁感慨……

鹳雀楼与黄鹤楼、岳阳楼、滕王阁，被誉为我国的四大历史文化名楼。据《蒲州府志》记载：“鹳雀楼旧在城西河洲渚上，周（按，即北周，公元557—581年）宇文护造。”筑为层楼，因时有鹳雀栖其上而得名。鹳雀楼楼体壮观，结构奇特，高台重檐，黑瓦朱楹，加之立晋望秦，独立中州，前瞻中条山秀，下瞰大河奔流的优越区位，吸引了历代名流登临作赋，在唐代已是登高胜地。“鹳雀楼西百尺樯，汀洲云树共茫茫。汉家箫鼓空流水，魏国山河半夕阳。”“迥临飞鸟上，高出世尘间。天势围平野，河流入断山。”唐代诗人李益和畅当的诗句生动描绘了鹳雀楼“遐标碧空，影倒横流”的秀美景色。唐代李瀚在《河中鹳雀楼集序》中也记载了该楼建造情况以及其备受文人骚客青睐的情形。当时，正当而立之年的山西才子王之涣游历蒲州，登楼赏景，写下了脍炙人口的五言绝句《登鹳雀楼》。这首诗以缩万里于咫尺的磅礴气势，将壮美景象与深远意境相交融，表达积极进取的人生态度，令人襟怀豪放，成为鹳雀楼上不朽的绝唱，独步千古。

在诗中，鹳雀楼穿越古今，彰显着文化魅力。现实中，它却历经了岁月风霜，从北周，到隋、唐、宋、金。700 余年后，公元 1222 年金元光元年，金兵与元兵争夺蒲州，“夜半攻城以登，焚楼、橹，火照城中”。鹳雀楼毁于战火，仅存故基。元代文学家王恽在《登鹳雀楼记》中写道：“至元壬申（公元 1272 年）三月，由御史里行来官晋府，十月戊寅，按事此州，获登故基，徙倚盘桓，逸情云上，虽杰观委地，昔人已非，而河山之伟，云烟之胜，不殊于往古矣。”此后，因黄河泛滥、河道迁移等原因，鹳雀楼故址难以寻觅。据记载：“明初时，故址尚可按，后尽泯灭，或欲存其迹，以西城楼寄名曰鹳雀。”其间，虽仍有慕名而至登临作赋者，但文字中已不见昔日王诗中那种积极进取才情洋溢的“盛唐气象”。正如一位清代诗人所道：“千里穷目诗句好，至今日影到西楼。”

数百年来，许多文人雅士望着滚滚黄河水空留遗憾。2002 年，“登鹳雀楼”又成现实。这座重建的鹳雀楼在建筑形制上充分体现了唐代风格，为高台建筑，外观四檐三层，内分六层，总高 73.9 米，总建筑面积 3.3 万平方米，楼体为钢筋混凝土框架，通身采用唐代油漆彩画装饰。楼内陈设以黄河文化和河东文化为主题，时代跨越中华上下五千年，采用浮雕、蜡像、雕像等形式，艺术地表现了舜耕历山、大禹治水、嫘祖养蚕等历史传说典故，介绍了武圣关公、一代文宗柳宗元、司马光等秦晋历史名人，使华夏文明，特别是盛唐景象得到了充分展示。而以“楼”为中心、采用古典园林式布局的鹳雀楼景区，规划面积 3300 亩，已建成 550 亩，将形成“四区十二点”的空间结构，使“登鹳雀楼”的内容更加丰富。

吟着唐诗感受华夏五千年的灿烂文明，极目千里体会“更上一层楼”的美好境界，在今天，登鹳雀楼不仅愉悦身心，更是一种象征，鼓励着人们放开眼界、志存高远。

蒲津渡遗址位于永济市区西 18 公里的蒲州古城西门外的黄河东岸，有唐开元十二年（公元 724 年）铸造的铁牛四尊、铁人四尊、铁山两座、铁墩四个、七星铁柱一组、明代防护石堤 70 余米、明正德十六年（公元 1521 年）记事碑一通。四尊铁牛，是至今我国发现的历史最早、体积最大、分量最重、数量最多、工艺最精的渡口维桥铁牛。

普救寺是一座佛教十方禅院，坐落在山西省西南边陲永济市境内的峨眉塬头，是古典戏剧名著《西厢记》的发生地，这座佛教十方禅院因《西厢记》而成为驰名中外的爱情圣地。这里地势高敞、视野开阔，南望巍巍中条山翠若屏障，与中条第一禅林“万固寺”南北对峙、遥相呼应。

芙蓉楼送辛渐

〔唐〕王昌龄

寒雨连江夜入吴，
平明送客楚山孤。
洛阳亲友如相问，
一片冰心在玉壶。

诗词小注

本诗原题共两首，第二首说到头天晚上诗人在芙蓉楼为辛渐饯别，这一首写的是第二天早晨在江边离别的情景。

清晨，天色已明，辛渐即将登舟北归。诗人遥望江北的远山，想到行人不久便将隐没在楚山之外，孤寂感油然而生。一个“孤”字如同感情的引线，自然而然牵出了后两句临别叮咛之辞：“洛阳亲友如相问，一片冰心在玉壶。”屹立于江天之中的孤山与冰心置于玉壶的比象之间形成照应，令人联想到诗人孤介傲岸、冰清玉洁的形象，使精巧的构思和深婉的用意融化在一片清空明澈的意境之中，浑然天成，不着痕迹，含蓄蕴藉，余韵无穷。《河岳英灵集》卷中说王昌龄“晚节不矜细行，谤议沸腾”。此盖因送别而自明心迹。

诗意旅游

1000 多年前，王昌龄和辛渐登芙蓉楼畅谈挥别。诗中的芙蓉楼究竟是在江苏镇江还是湖南古黔阳？目前学界普遍认为应是江苏镇江芙蓉楼。

江苏的芙蓉楼坐落在金山天下第一泉的塔影湖滨，其原建于古镇江城内三山（日精山、月华山、寿丘山）中的月华山上。为东晋刺史王恭所建，唐代犹存。现楼为 1992 年重建，总体建筑由芙蓉楼、冰心榭、掬月亭及湖中三座石塔组成，它们之间由曲折回廊相连，构成了一幅美丽的图案。

身临其境

江苏镇江

玉壶冰心芙蓉楼

姚雪青

“洛阳亲友如相问，一片冰心在玉壶。”这一诗句及其所蕴含的“做人要光明磊落，表里澄澈；为官应内清外润、廉洁奉公”的深意，令芙蓉楼名扬天下、蜚声古今。

江苏镇江芙蓉楼，原名西北楼，为东晋刺史王恭建于京口月华山西北，在清道光年间毁于战火。在历史上的繁盛时期，依山傍水、瑰丽宽敞的芙蓉楼也曾谈笑有鸿儒、往来无白丁。登楼眺望，可以俯瞰长江、遥望江北；吟诗作赋，远山近水、天地壮阔。北宋曾彦和《润州类集序》曾提及：“京口……江山清绝，襟吴带楚。芙蓉名楼，甘露表寺。幽赏丽观，不出城市。”

镇江于1992年复建芙蓉楼，坐落在金山西侧一泉公园内，占地近1000平方米，由芙蓉楼、冰心榭、掬月亭及3座石塔组成。

现在我们看到的芙蓉楼，是一座重檐歇山式的仿古建筑。楼内可见大型壁画群，包括《千秋江山图》《平明送客图》《芙楼话雨》《王昌龄送辛渐诗意图》等。

在芙蓉楼两侧，两座仿古建筑互成掎角，彼此之间由曲折回廊相连：东北为紧贴水面的“冰心榭”，是展示茶艺的场所；东南为“掬月亭”，可近眺湖中的三座汉白玉石塔。

如今，塔影湖畔的芙蓉楼，以夏日湖中荷花盛开的美景而出名，其中通外直、高洁不争的气节，恰如诗人王昌龄“孤洁恬淡，与物无伤”的品性。

身居此楼，近可看波光粼粼的金山湖水，远可望浩荡奔流的长江。初春，天朗气清，云淡风轻；夏天，荷叶碧绿，树木苍郁；深秋，清风徐来，水波微皱；冬季，湖浅色淡，清雅别致……一年复一年，花开花落，云卷云舒，人来人往，这里的故事总是被记起，“一片冰心在玉壶”的坚守与气节也依然值得敬仰。

菩萨蛮·书江西造口壁

〔宋〕辛弃疾

郁孤台下清江水，
中间多少行人泪。
西北望长安，
可怜无数山。
青山遮不住，
毕竟东流去。
江晚正愁余，
山深闻鹧鸪。

诗词小注

此首为词人于宋孝宗淳熙三年（公元 1176 年）江西提点刑狱任上作。官署在赣州，造口乃出入必经之地，故有此登台书壁之词。上片放眼，由近而远；下片收眼，由远而近。

全篇以“清江”为起兴，以“青山”喻主和之阻力，以“东流”反比自己的不如，以“江晚”暮色烘托内心的愁苦，以“鹧鸪”声声之叹暗示胸中的悲愤。词人用极高明的比兴艺术，抒发对建炎年间国事艰危之沉痛追怀，

对靖康以来失去国土之深情萦念，故此写儿女柔情之小令，竟为南宋爱国精神深沉凝聚之绝唱。梁启超云：“《菩萨蛮》如此大声镗鞳，未曾有也”（《艺蘅馆词选》）。

诗意旅游

郁孤台，位于江西省赣州市章贡区境内。始建于唐代广德至大历年间（公元 763—779 年），台高 14.1 米，面积 275 平方米。“冠冕一郡之形势，而襟带千里之江山。”因坐落于山顶，以山势高阜、郁然孤峙得名，故称郁孤台。

郁孤台临章江、贡江、赣江交汇处，千年宋代古城墙自台下逶迤而过，因此郁孤台既是当地重点文物保护单位，又是当地 4A 级风景名胜区的重要组成部分。

身临其境

郁孤台下清江水

魏本貌　刘志平

郁孤台，位于江西省赣州市章贡区古城西边的贺兰山（当地人称为田螺岭）上，又称望阙台。清同治《赣县志》记载："郁孤台，在文笔山，一名贺兰山，其山隆阜，郁然孤峙，故名。"

建台的确切年代已经很难考证，但至少可以追溯到唐代。当时的郁孤台远比现存的范围大，史料称："几亩花园塘下，披树色以千家，一弯濂水溪边，映台痕而百尺。"唐李勉为州刺史时，曾登台北望，慨然易匾为"望阙"。后几经兴废，仍名郁孤台。1983年按清代同治年式样重建。台有3层，高17米，占地面积300平方米，简约中彰显大气，古朴里蕴藏真意。

郁孤台因辛弃疾而闻名。宋孝宗淳熙二年（公元1175年），它迎来了36岁的辛弃疾。当时，辛弃疾以提点江西刑狱来赣。在赣州这两年，他多次登临郁孤台，多次遥望汴梁。在一个荒草漫道、夕阳劲洒的黄昏，辛弃疾再次来到郁孤台，望着浩浩汤汤的章江贡水，仿佛看到了大半个中原陷入金人手中，穷苦老百姓惨遭杀戮，不禁潸然泪下，一首千古绝唱吟咏而出。此时，夕阳的余晖倒映在江水中，也映射在他那颗孤悬天地的心上。也许，他从未想过，他分秒心念的家国大事，已悄然融进了郁孤台的每一寸肌肤，每一个角落……

登临郁孤台，台楼上的一木一石、一字一画，都镌刻着丰富的历史底蕴，成为怀古幽情的抒发之地，令无数游客流连忘返、痴醉其中。苏轼登楼赋诗"山为翠浪涌，水作玉虹流”，文天祥倚栏吟诵“城郭春声阔，楼台昼影迟”，郭沫若欣然填词“遍地尽杉松，泱泱绿化风”，刘克庄、王守仁、汤显祖、戴复古、李梦阳、王士祯、朱彝尊等，一一前来，面对郁孤台，无不流露仰望咏叹之情。时光如水，一去不回；郁孤有情，海纳百川。郁孤台容纳那么多孤独的圣贤墨客，也必将拥揽后来者，抚慰众人心。

踏进巍巍孤立的台楼，登楼远眺，翠浪翻腾，三江合流激荡起的浪花，犹如一道道水做成的利剑碰撞出夺目的光芒，古宋城墙、古浮桥的底色在岁月的擦拭下十分鲜亮，入楼门前的辛弃疾塑像傲然挺立在历史的风雨中，如炬的目

光注视着芸芸众生……它们一起构成了江南宋城光耀千年的文化气象。

今天的郁孤台，早已不再“郁孤”。没有了孤起平地之状，修葺一新的历史文化街区和散发心学气息的阳明书院，伏卧蜿蜒的全国最大、保存最完好的宋代古城墙、横亘千年的古浮桥，以及童叟戏耍的欢歌闹腾，山水相融，民风淳朴，让郁孤台越发厚重。

青山遮不住，毕竟东流去。远去了鼓角争鸣，沐浴着新时代的光辉，流淌着家国血脉的郁孤台给人以温暖、希望和永远向前的力量。

黄鹤楼

〔唐〕崔颢

昔人已乘黄鹤去，此地空余黄鹤楼。
黄鹤一去不复返，白云千载空悠悠。
晴川历历汉阳树，芳草萋萋鹦鹉洲。
日暮乡关何处是？烟波江上使人愁。

诗词小注

这是一篇“擅千古之奇”的览胜名作。诗人从黄鹤楼的命名之由来着想，借传说落笔，然后生发开去。全诗前两联是抒写登览凭吊之感，为虚写，后两联描写眼前所见景物，是实写，虚实结合；格律是前半散调变格，后半韵律整严，散整交错。

本诗是盛唐诗人中一首少见的“高唱入云”的七律。宋代严羽《沧浪诗话》谓：“唐人七言律诗，当以崔颢《黄鹤楼》为第一。”清代沈德潜评价此诗，以为“意得象先，神行语外，纵笔写去，遂擅千古之奇”。(《唐诗

别裁集》卷十三）据说李白登黄鹤楼，本拟题咏，见此搁笔，有“眼前有景道不得，崔颢题诗在上头”之叹。后作《登金陵凤凰台》，仿效其体（见《唐诗纪事》卷二、《唐才子传》卷一）。

诗意旅游

黄鹤楼始建于吴黄武二年（公元 223 年），因耸立于黄鹄矶而得名。近 1800 年间，它见证了城市的发展与变迁，是历史文化名城武汉不可或缺并最为耀眼的记忆符号。

黄鹤楼公园于 1985 年 6 月重建开放，现占地 40.3 公顷，位于蛇山之上，与龟山隔江对峙，长江大桥横连龟蛇两山，形成“龟蛇锁大江”的雄伟气势。目前，公园已形成东区、北区、南区、西区四大游览区域，涵盖 80 余景点，四大景观区域各具特色，交相辉映。

30 多年来，黄鹤楼共接待党和国家领导人、外国国家元首和政府首脑近百位、中外游客 6000 多万人次，年均游客量近 400 万人次，实现了良好的经济和社会效益，先后荣获中国旅游胜地四十佳、国家首批 5A 级旅游景区、全国文明单位、中国旅游胜地 40 佳、湖北名牌产品等荣誉称号。

身临其境

最是吊古怀乡处

程远州

凭栏远望，天际白云、脚下大江，再加上一颗感己伤时的心，一首好诗便已呼之欲出。这座耸立在武昌蛇山之上的“天下江山第一楼”，似乎天然便是文人骚客吊古怀乡的好去处。

诗因楼而作　楼借诗而名

当时，宦游天下、四处漂泊二十载的崔颢终于得回长安为官，途经武昌登临黄鹤楼。远望水雾江烟、芳草萋萋，倦鸟归林、游船归航，在逝者如斯、世事茫茫的想象中，乡愁顿生，一首高唱入云的七律纵笔得来，成为黄鹤楼的千古注脚。

千百年来，江河沿岸，楼宇何止万千，但唯有此楼堪称第一；来此楼临风怀古的唱咏又何止万千，但唯有此诗被推为绝唱。后人演绎，称李白登楼时诗兴大发，却也无奈搁笔，感叹“眼前有景道不得，崔颢题诗在上头”。

诗因楼而作，楼借诗而名，文川相衬，交相辉映。从此之后，武汉人习惯将自己的城市称为白云黄鹤之乡，黄鹤楼成了这座城的图腾。

追根溯源，唐代《元和郡县图志》曾记载，黄鹤楼始建于三国东吴黄武二年，当时孙权筑夏口城，“城西临大江，江南角因矶为楼”，有军事瞭望作用。随着东吴灭国，黄鹤楼转而成为长江之畔“游必于是”的名胜，与湖南岳阳楼、江西滕王阁并称为“江南三大名楼”。

然而关于黄鹤之名的由来，历来说法不一。崔颢诗人本心，偏信浪漫传说，借仙人驾鹤而去的故事生发无穷想象，说“黄鹤一去不复返”，便有了岁月不再、古人不可见之憾；仙去楼空，悠悠千载，唯余白云江水依然。诗人寥寥几笔描绘出那个时代登黄鹤楼的人们常有的感受，龟蛇锁江，心潮逐浪。

毁建再三　雄浑依旧

现在的黄鹤楼，早已不是崔颢登上的那个楼。在楼内二层，大理石镌刻着唐代阎伯理撰写的《黄鹤楼记》，记述了黄鹤楼兴废沿革和名人轶事。在历史上的频繁兵火中，黄鹤楼屡建屡废，形制每朝不同，但大都保留着高古雄浑的特点。

史料记载，1957年建长江大桥武昌引桥时，占用了黄鹤楼旧址，1985年重新建成的新黄鹤楼，位于距旧址约1000米的蛇山峰岭上，与大桥对望。新楼仿制建于同治七年、毁于光绪十年的最后一座“清楼”模样，却又青出于蓝，更加雄伟：各层大小屋顶交错重叠，翘角飞举，形如展翅欲飞的鹤翼；楼层内外则绘有以仙鹤为主体，云纹、花草、龙凤为陪衬的图案。

如今登楼远观，近百米之下大江奔流、大桥横跨，两岸草木葱茏，建筑高企，依旧是苍茫浩大的气象，依旧有“把酒酹滔滔”的冲动。也难怪，日间常有书画展、诗词展在此举办，艺术家们凭栏走笔，转眼便是一纸盛世繁华。

楼虽毁建再三，黄鹤之名却从未断绝，吊古怀乡的“传统”也从未消失。如今，蛇山一带被辟为黄鹤楼公园，除牌坊、轩、亭、廊等建筑外，还建有诗碑廊，收藏着历代诗人的名作，景区内还聘请了专门讲解诗词的志愿者。

登岳阳楼

〔唐〕杜　甫

昔闻洞庭水，今上岳阳楼。
吴楚东南坼，乾坤日夜浮。
亲朋无一字，老病有孤舟。
戎马关山北，凭轩涕泗流。

诗词小注

唐大历三年（公元768年）春，杜甫由夔州出峡，因兵乱受阻，漂泊在江陵、公安等地。岁暮才从公安来到了岳阳，这首诗就是登岳阳楼后所作。此诗写登岳阳楼时所见景象和身世苍茫之感，悲慨中具有雄伟壮阔的意境，是历代传诵的洞庭湖名作之一。

诗人到了晚年，已经是“漂泊西南天地间”，这时更加窘迫，心情自是郁闷悲凉。但他并没有停留在个人不幸的哀叹上，而是把个人的不幸和国家的安危联系起来，从而抒发了诗人强烈的爱国精神，这也正是杜甫诗歌艺术具有感人力量的重要原因。

诗意旅游

岳阳楼，位于湖南省岳阳市岳阳楼区洞庭北路，地处岳阳古城西门城墙之上，紧靠洞庭湖畔，下瞰洞庭，前望君山。始建于东汉末期，前身为三国时的鲁肃“阅军楼”，距今已有1800年历史，与湖北黄鹤楼、江西滕王阁并称为中国“江南三大名楼”。

岳阳楼主楼为三层、四柱、飞檐、盔顶、纯木结构。作为三大名楼中唯一保持原貌的古建筑，独特的盔顶结构体现了古代劳动人民的聪明智慧及能工巧

匠的精巧设计技能。岳阳楼景区是国家5A级旅游景区、国家重点风景名胜区、全国重点文物保护单位，是岳阳市的城市名片和对外交流的重要窗口，是洞庭湖—岳阳楼国家重点风景名胜保护区的核心主体。

《岳阳楼记》“先天下之忧而忧，后天下之乐而乐”的精神震古烁今，盛载名联、名诗、名文的景区，历来都是令海内外炎黄子孙和莘莘学子心驰神往并为之仰止的文化圣殿。

身临其境

凝练忧乐岳阳楼

颜　珂

公元767年，57岁的杜甫登上岳阳楼。此时，距离诗人生命的终点，只剩两年。

这依然是一次万方多难下的登临。战乱和贫困，追逐着这位老人的晚年轨迹：出三峡，到荆州，北去之路阻断，落脚之地难寻。正如诗人给自己的画像：“飘飘何所似，天地一沙鸥。”

即便如此，岳阳楼依然不得不去。那里有向往已久的巴陵胜状，还有前人与朋友们留下的足迹与词章。

据传，岳阳楼前身为三国时期东吴大将鲁肃的“阅军楼”；称为岳阳楼，是在另一位唐代大诗人登临赋诗之后。“楼观岳阳尽，川迥洞庭开。”杜甫登楼之时，老友李白业已仙逝。

临风远眺，横无际涯的洞庭水，恍若荡开了时空的口子，雄浑气象连同家国情怀，让杜甫写下了令后人感叹的千古诗句。

这份情怀，在270多年后的北宋，被另一位大文学家凝练为“忧乐”二字，留下了至今脍炙人口的不朽名文《岳阳楼记》。

一楼何奇?

如今的岳阳楼，早已不是杜甫登临时的模样。入景区，先于主楼出现的，

是微缩版的“五朝楼观”——依唐、宋、元、明、清五个朝代岳阳楼的建筑模型，逐次展现，仿佛由古至今的历史画卷。穿越“千年”，方至主楼。

当下的建筑，其规模、式样和大部分建筑构件，均仿清代而建，三层，盔顶，纯木结构，没用一块砖石，亦无一颗铁钉。楼悬横匾“岳阳楼”，由郭沫若先生手书。

一入主楼，便像是一头扎进了另一个世界。在这里，你可以暂时忘却物理空间，只需辗转于楼中的文字，吟咏体悟。

镌刻于 12 块紫檀木拼成的雕屏之上的《岳阳楼记》，为清朝大书法家张照书写，全文集四种字体于一体：从开头到“前人之述备矣”用楷书，至“其喜洋洋者矣”为行书，至“吾谁与归”用行楷，落款为草书，属翰墨瑰宝。

颇让人疑惑的是，岳阳楼二楼，安放着同样的雕屏，看上去似乎并无二致。当然真假有别，还有一段故事。传说，清道光年间，一位知县想据雕屏为己有，便请人仿造了一块赝品。离任时，他将真品带上船离开，不料行至洞庭湖中风浪大作，船翻人亡，雕屏沉入湖底。后被渔民打捞，多年之后重回岳阳楼。因模仿手迹惟妙惟肖，且也有百余年历史，赝品也成了珍品，遂被保留至今。

登顶在三楼。远望洞庭，浩荡气象，尽收眼底，正好印证着一旁据说由李

白书写的一幅短匾："水天一色，风月无边。"

楼顶最打眼处，便是杜甫的那首《登岳阳楼》，由毛泽东同志手录。明代李东阳有诗："吴楚乾坤天下句，江湖廊庙古人情。"乾坤未改，远山依旧，巴陵胜状在远处打开，正好在此归拢。

文因楼兴，楼以文名。洞庭湖边的这座古楼，俨然已浓缩为中国传统文化的一处高地，知识分子的一片故土。不妨再读位于主楼一层的那副著名楹联："一楼何奇：杜少陵五言绝唱，范希文两字关情，滕子京百废俱兴，吕纯阳三过必醉，诗耶，儒耶，吏耶，仙耶，前不见古人，使我怆然涕下；诸君试看：洞庭湖南极潇湘，扬子江北通巫峡，巴陵山西来爽气，岳州城东道岩疆，潴者，流者，峙者，镇者，此中有真意，问谁领会得来？"

顺道游

君山岛，与岳阳楼遥遥相对，总面积 0.96 平方公里，由大小 72 座山峰组成，被"道书"列为天下第十一福地。

秋登宣城谢朓北楼

〔唐〕李白

江城如画里，山晚望晴空。
两水夹明镜，双桥落彩虹。
人烟寒橘柚，秋色老梧桐。
谁念北楼上，临风怀谢公。

诗词小注

此诗作于唐天宝十三年（公元754年），这年中秋节后，李白从金陵再度来到宣城。诗人在长安为权贵所排挤、弃官而去后，政治上一直处于失意之中，过着飘荡四方的流浪生活。宣城是他的旧游之地，一到宣城，他就会怀念起谢朓，这不仅是因为谢朓在宣城遗留下像叠嶂楼这样的名胜古迹，更重要的是因为谢朓对宣城有着和自己相同的情感。

当李白独自在谢朓楼上临风眺望时，面对着谢朓所吟赏的山川，他们的精神仿佛跨越古今遥遥相接。当代文艺理论家马茂元认为，这种渺茫的心情，反映了他政治上苦闷彷徨的古都之感；正因为政治上受压抑，找不到出路，所以只能寄情山水。

诗意旅游

谢朓楼，位于安徽省宣城市宣州区。历史上曾一度与滕王阁、岳阳楼、黄鹤楼并称“江南四大名楼”。

南齐建武二年，谢朓出任宣城郡守。在郡衙之北陵阳峰巅筑室，自名“高斋”。唐初，宣邑人出资在高斋旧址建楼作为纪念，名为“谢公楼”，又称“北楼”。

唐代诗人李白在谢朓楼留下众多诗句，其中代表作有《秋登宣城谢朓北楼》《宣州谢朓楼饯别校书叔云》等，谢朓楼一时声名大噪。此后，历代文人墨客慕名而来者络绎不绝，宣州便有了“小谢城”和“诗人地”之名。

1937 年冬，谢朓楼被侵华日军炸毁。目前，遗址高台的北面，仅存两截石墙，东边高 2.5 米，长 29.5 米，西边高 4 米，长 15.7 米，约 1400 年历史，还有

石礅、石梁、石狮和残破的石雕等旧物。

1997 年，谢朓楼在原址上被重新修复。

身临其境

秋色朦胧谢公楼

孙　振

秋色朦胧，江城如画，诗人凭高俯瞰，见岚光山影，慨叹秋光渐老，面对南朝齐诗人谢朓所吟赏的山川，虽古今世隔，临风怀古之间，精神却与之遥遥相接。

谢朓何许人？李白为何凭栏怀念？又是秋色渐浓时，循着诗人的足迹，来到宣城市区中心的谢朓楼，一探究竟。

现在的楼几经修葺重建，已非当年风貌，但它所蕴含的人文气质，依然如故。拾级而上，茂密的枝丫深处，谢朓楼矗立其间，灰瓦阁楼，翘角飞檐，古朴别致；登楼望远，虽不见古时画里江景，但仍可于高楼林立之间，看到远方层峦叠嶂，云蒸霞蔚。

公元 495 年夏，32 岁的谢朓调任宣城太守，并在郡治之北的凌阳峰上自建书斋，因其居高临下，取名“高斋”，生活起居均在此处，并由此开启了宣城诗文化的华美序幕。“余霞散成绮，澄江静如练。”“天际识归舟，云中辨江树。”“余雪映青山，寒雾开白日。”……在宣城的两年多任期里，谢朓观山川交错，阡陌纵横，写烟霞变幻，云树生辉，吟哦不绝。据介绍，其现存诗作中，有 3/4 作于宣城，其清新隽永、情景交融的诗风，在当世享有盛名，并直接影响了后世白居易、孟浩然等一批山水田园诗人。

由于谢朓作为山水田园诗派的重要开创者，名噪一时，加之宣城在其担任太守期间，政治清明，人文昌盛，唐初，宣城人为缅怀谢朓，于“高斋”旧址处新建一楼，取名“北楼”，登此楼可望北方敬亭山，因此称“北望楼”。后来根据唐朝诗人李白的诗句，楼名又被称为“谢朓楼”“谢公楼”。

相传，虽与谢朓相隔百年，但由于人生际遇相似，创作风格相投，李白“一生低首谢宣城”，把对谢朓的怀想和敬慕化作名篇佳句。而继李白之后，韩愈、杜牧、杨万里等慕名登楼者络绎不绝，赋诗题咏者难以计数。谢朓楼渐渐声名远播，怀谢亭、条风亭、观风亭等亭台楼阁，陆续环谢朓楼而建，引得历代文人骚客在此谈古论今，以文会友。

如今的谢朓楼，系 1997 年在原有基址上重建，坐北朝南，曲径回廊，笑对开元塔，俯牵宛溪河，四檐高飞，朴素雅致。

楼前的小广场绿树成荫，景色别致。楼旁还复建了怀谢亭，傍晚时分，周末假日，仍可见不少游人在这里品茶、谈笑，吟古今佳句。

延伸阅读

宣州谢朓楼饯别校书叔云

〔唐〕李　白

弃我去者，昨日之日不可留；

乱我心者，今日之日多烦忧。

长风万里送秋雁，对此可以酣高楼。

蓬莱文章建安骨，中间小谢又清发。

俱怀逸兴壮思飞，欲上青天揽明月。

抽刀断水水更流，举杯消愁愁更愁。

人生在世不称意，明朝散发弄扁舟。

碧水滔滔
思绪万千

临水篇

赠汪伦

〔唐〕李 白

李白乘舟将欲行，
忽闻岸上踏歌声。
桃花潭水深千尺，
不及汪伦送我情。

诗词小注

唐天宝十四年（公元755年），李白从秋浦（今安徽贵池）前往泾县（今属安徽）游桃花潭，当地人汪伦常酿美酒款待他。临走时，汪伦又来送行，李白作了这首诗留别。

这首小诗，深为后人赞赏，“桃花潭水”成为后人抒写别情的常用语。清代沈德潜《唐诗别裁集》云：“若说汪伦之情比于潭水千尺，便是凡语。妙境只在一转换间。”显然，妙就妙在“不及”二字，好就好在不用比喻而采用比物手法，变无形的情谊为生动的形象，空灵而有余味，自然而又情真。

诗意旅游

桃花潭，位于安徽省泾县，南临黄山、西接九华山，与太平湖紧紧相连，因唐代诗人李白《赠汪伦》“桃花潭水深千尺，不及汪伦送我情”这首脍炙人口的千古绝唱，而名扬天下。

桃花潭风景区是安徽省级历史文化保护区，安徽省级风景名胜区，国家 4A 级旅游景区，国家级水利风景区。桃花潭所在的桃花潭镇也同是中国历史文化名镇。

桃花潭镇现拥有国家 4A 级景区两家（桃花潭镇景区和查济古村落景区），3A 级景区一家（王稼祥故居），国家级文物保护单位两家，省级文物保护单位五家，有翟、万、查等江南望族留下的 400 多处古建筑。

身临其境

安徽泾县

诗意梦境桃花潭

叶 琦

一首优美的诗让一个景点享誉天下的例子很多。李白一首脍炙人口且流传千古的《赠汪伦》，让安徽泾县美丽的桃花潭成为众多旅人追逐诗意梦境的地方。

桃花潭，位于安徽省宣城市泾县以西42公里，地处青弋江上游，南临黄山、西接九华山，与太平湖紧紧相连。在这里，既有清新秀丽、苍峦叠翠的皖南风光，可观山川之灵气；又有保存完整、风格独特的古代建筑，可发思古之幽情。

桃花潭之所以出名，源于一个美丽的故事——

在1000多年前的唐天宝年间，泾州（今泾县）豪士汪伦听说大诗人李白旅

居南陵叔父李阳冰家，欣喜万分，遂修书一封曰：“先生好游乎？此地有十里桃花。先生好酒乎？这里有万家酒店。”

在汪伦的盛情邀请下，李白欣然而来，汪伦便据实以告之：“桃花者，实为潭名，万家者，乃店主姓万。”李白听后大笑不止，并不以为忤，反而被汪伦的诚心所感动，两人相谈甚欢，惺惺相惜，李白遂引汪伦为知己，相聚数月而不归……适逢春风桃李花开日，群山无处不飞红，加之潭水深碧，清澈晶莹，翠峦倒映，李白与汪伦诗酒唱和，流连忘返。临别时，李白题下《赠汪伦》这首千古绝唱。

桃花潭不仅是一首流传千百年的诗，更是一方满是灵性的山水。桃花潭水像块晶莹剔透的碧玉，潭面水光潋滟，碧波涵空。潭岸怪石耸立，古树青藤纷披，桃花似火如霞，飞阁危楼隐约其中。桃花潭四周点缀着众多的自然人文景观，屹立千年的垒玉墩、深藏奥妙的书板石、李白醉卧的彩虹岗、踏歌声声的古岸阁……桃潭烟波使人陶醉，桃林春色让人留恋，移步皆成景、四时景宜人。偶尔一叶扁舟泛起，一篙新绿，微波涟漪。泾县县志中的《桃花潭记》有如此美文——“层岩衍曲，回湍清深。”“清泠皎洁，烟波无际。”“千尺潭光九里烟，桃花如雨柳如绵。”

桃花潭所在泾县桃花潭镇，古称南阳镇，有着1300年历史。老街的石头路，铺着光滑的鹅卵石，狭长弯曲的小巷、古老的斑驳墙面、青瓦白墙的马头墙，昭示着历尽风雨的沧桑，述说着过往的风华岁月。桃花潭水清澈冰凉，青山绿水中隐藏的古老民居安静又神秘。镇内有保存完整的皖南古民居群，计有明清建筑700余处。其中中华祠是翟氏宗族的祭祀之所。据记载，翟氏宗族明清两代，共有15人荣登进士，举人上百，秀才上千。明万历年间，江南镇抚大将军翟国儒赴云南边疆平叛为国捐躯，祠堂被御赐“忠孝堂”。“忠孝堂”占地千亩，建筑材料有楠木、汉白玉石，其石雕和木雕世所罕见，被国家文物局古建筑专家罗哲文先生誉为“中华第一祠”。建于清乾隆三十二年的文昌阁，是昔日翟氏宗族文武理学的丰碑，由于造型秀丽典雅，也是著名的景观之一。此外，诸如怀仙阁、万姓义门、鞑子楼、抚风会馆、司马第等古建筑也都有着十分重要的历史意义和研究价值。

除了醉人的风景和古宅，桃花潭的民俗文化亦是精彩纷呈，在这里，有中原文化、客家文化、农耕文化、会馆文化等。从春节开始玩龙灯、打莲枪、唱大戏，到端午的龙舟竞渡等，都有厚重的文化内涵和独特的历史渊源。此外，泾县还是一片有着光荣革命传统的红色热土。1941 年 1 月 4 日，奉命北移的新四军军部及其所属皖南部队 9000 余人，从云岭驻地出发绕道北上。1 月 6 日，北上新四军在安徽泾县茂林地区，突遭国民党军队七个师 8 万余人的包围袭击。新四军部队英勇奋战七昼夜，终因寡不敌众，除约 2000 余人突出重围外，一部被打散，大部壮烈牺牲或被俘。军长叶挺在和国民党谈判时被扣押，政治部主任袁国平牺牲，副军长项英、参谋长周子昆在突围中被叛徒杀害。1 月 17 日，蒋介石反诬新四军“叛变”，宣布取消新四军番号，声称将把叶挺交付“军法审判”。这就是震惊中外的皖南事变。这一事变是国民党顽固派发动的第二次反共高潮的最高峰。

1941 年 1 月 28 日，重庆《新华日报》刊登周恩来题写的诗句：

“千古奇冤，江南一叶。同室操戈，相煎何急？”

顺道游

九华山位于安徽省池州市境内，是以佛教文化和自然与人文胜景为特色的山岳型国家级风景名胜区，是中国佛教四大名山之一、国家首批 5A 级旅游景区、国家首批自然与文化双遗产地。

九华山天开神奇，清丽脱俗，是大自然造化的精品，有“莲花佛国”之称。境内群峰竞秀，怪石林立，九大主峰如九朵莲花，千姿百态，各具神韵。连绵山峰形成的天然睡佛，成为自然景观与佛教文化有机融合的典范。景还有云海、日出、雾凇等自然奇观，气象万千，美不胜收，素有“秀甲江南”之誉。

九华山文化底蕴深厚。晋唐以来，陶渊明、李白、费冠卿、杜牧、苏东坡、王安石等文坛大儒游历于此，吟诵出一首首千古绝唱，黄宾虹、张大千、刘海粟、李可染等丹青巨匠挥毫泼墨，留下了一幅幅传世佳作。唐代大诗人李白三上九华，写下了数十首赞美九华山的不朽诗篇，尤其是“妙有分二气，灵山开九华”的诗句，成了九华山的“定名篇”。九华山现存文物 2000 多件，历代名人雅士的诗词歌赋 500 多篇，书院、书堂遗址 20 多处，其中唐代《贝叶经》，明代《大藏经》《血经》，明万历皇帝圣旨和清康熙、乾隆墨迹等堪称稀世珍宝。

滁州西涧

〔唐〕韦应物

独怜幽草涧边生，
上有黄鹂深树鸣。
春潮带雨晚来急，
野渡无人舟自横。

诗词小注

这是一首山水诗的名篇，也是韦应物的代表作之一，写于唐德宗建中二年（公元 781 年）诗人出任滁州刺史期间。滁州西涧林壑尤美，景物清幽，诗人紧紧围绕西涧暮春景物来描绘，突出傍晚雨后荒郊野渡的寂静。

诗中有无寄托，寄托何意，历来争论不休。有人认为它通篇比兴，是刺“君子在下，小人在上”；有人认为“此偶赋西涧之景，不必有所托意”。实则各有偏颇。韦应物整个仕宦生涯中，“身多疾病思田里，邑有流亡愧俸钱”（《寄李儋元锡》），常处于进仕退隐的矛盾之中，虽怀知者之忧，又自愧无能，因而仕宦如同遨游，悠然无所作为。本诗就是抒发这样的处境和心情。思欲归隐，故独怜幽草；无所作为，恰同水急舟横。所以，诗中表露着恬淡的胸襟和忧伤的情怀。

春潮二句，历来传诵，多为后人效法。如宋代寇准“野水无人渡，孤舟尽日横”（《春日登楼晚归》），史达祖“还被春潮晚急，难寻官渡”（《绮罗香·咏春雨》），均由此化出。

诗意旅游

西涧湖，亦名城西湖，属长江水系，依傍在琅琊山下，位于安徽省滁州市市区西部，为“滁州十二景”之一，同时也是琅琊山四大景区（城西湖、姑山湖、琅琊山、胡古）之一。

唐代诗人韦应物曾留下著名山水诗篇《滁州西涧》。“春潮带雨晚来急，野渡无人舟自横”一句，更是让西涧湖秀美的自然风光被后世熟知。

滁州西涧具体位置历史上多有争论。1958 年，滁州市修建了城西水库，将西涧大部分淹去，如今只存水库大闸至上水关一段水面，上游赤湖、十五里大桥、三岔河仍在，旧时美景，可见一斑。2009 年 6 月，滁州城西水库更名为西涧湖，西起城西水库、东至清流河的穿城河命名为西涧河。

目前，西涧湖控制流域面积为 168 平方公里，相应库容为 4000 万立方米。

身临其境

春水潋滟西涧湖

游　仪

游人来滁州，常问西涧在何处。被领至上水关，向西远眺，心生疑问：原以为西涧该是条小河流，竟如此辽阔。纵目所及，波光粼粼，红瓦小亭，独倚水面。再往西，视线陡然被一座大坝挡住，戛然而止，意犹未尽。

大坝于1958年修建，所形成的水库名为西涧湖，控制流域面积168平方公里，总库容量8525万立方米，滁州城百姓的饮用水皆由此而来。如今的滁州西涧，指的正是上水关及西涧湖往西的那段水域。两山夹一水，河面清且静。登坝远望，虽不见古时韦应物笔下所写之西涧，但仍可于高楼林立之间，看到丛丛芦苇迎风荡漾，绵延山脉倒映河面，水天一色，美不胜收。

公元781年，韦应物出任滁州刺史。他在滁州生活三年，游遍这里的山山水水。滁州西涧的波光潋滟，藏在韦应物的诗情画意里。“归来景常晏，饮犊西涧水。”“淙流绝壁散，虚烟翠涧深。”“寝扉临碧涧，晨起澹忘情。”……在滁州的两年多任期里，韦应物观流水潺潺，赏琅琊深秀，寄情于山水，修身且养性。即使两年后罢任，他仍闲居滁州西涧，有时深入田间，寄宿农家，偶尔独步野外，不舍此间美景和悠然心境。

原来当年的滁州西涧，被当地人唤作“小沙河”。据《琅琊人文》一书，“西涧本属小沙河，西部山区汇集的水自西向东合金家桥下之水为乌兔河，东入上水关，过广惠桥、通济桥、三元桥穿城而过，出下水关入清流河。因其主河道在滁州城西，故名西涧”。清光绪年间的《滁州志》对此也有记载。小沙河曲折穿行于城西群山之间，沟通龙蟠、三岔河、茅草岭、赤湖铺，最后经乌兔河入上水关，绵延 50 多公里。

韦应物当年所见涧边幽草，树上黄鹂，野渡小舟，可还能寻见？至距离西涧湖 20 多公里车程的赤湖铺，或许能了却夙愿。站在赤湖铺桥上远望，两侧高山耸立，竹林苍翠，野草丛生，小溪潺潺。夕阳静静地倒映在水面上，和古桥的影子交相辉映，风一起，吹皱一湖春水。

游人来寻“滁州十二景”之一的滁州西涧，少不得也要爬一爬琅琊山，游一游清流关。滁州西涧，位于两山之间，右侧清流山，左侧琅琊山。清流山乃江淮分水岭，山口一座清流关，有“九省通衢”之称。现如今还能看到清流关关口两边残存的青石路面古驿道，虽年深岁久，石板上仍清晰可见被古代铁箍车轮碾出的深深车辙。

舟中晓望

〔唐〕孟浩然

挂席东南望，青山水国遥。
舳舻争利涉，来往接风潮。
问我今何适？天台访石桥。
坐看霞色晓，疑是赤城标。

诗词小注

本诗记录了诗人约在唐开元十五年（公元 727 年）自越州水程往游天台山的旅况。

从声律角度看，此诗是五言律诗（平仄全合），然而通体散行，中两联不作骈偶。这当然与近体诗刚刚完成，去古未远、声律尚宽有关；同时未尝不出于内容的要求。这样，此诗既有音乐美，又洒脱自然。明代胡应麟赞其“自是六朝短古，加以声律，便觉神韵超然”（《诗薮》）。马茂元评其“舳舻争涉，风潮相接中，独自作访名山，坐看朝霞之想，清旷冲远中微见狷介之怀。诗境如白云在空，舒卷自如；而‘问我’一联，则为全篇关捩之所在”。

诗意旅游

曹娥江外驿纤长，百曲清溪绕石梁。

曹娥江是绍兴上虞的母亲河，旧称舜江，后因孝女曹娥投江寻父，孝感动天，因而得名曹娥江。贯穿上虞全境的曹娥江，被唐诗之路完整涵盖。它是浙江省第三大河，发源于浙江金华磐安，自南向北流经绍兴新昌、嵊州，最后从上虞注入杭州湾。它是连通浙东古运河和浙中地区的交通要道，又因巨大的地理差异，使其沿岸具备极大的观赏价值。

美丽的曹娥江养育了一代又一代上虞人，涌现了王充、谢安、谢灵运、马一浮、竺可桢等著名乡贤。曹娥江两岸，知名文化遗存、文化景区星罗棋布。千年流淌的浙东古运河是人与自然共同创造的伟大杰作，可谓"天工人巧、各居其半"。

身临其境

诗路云帆踏歌行

方　敏　马亚振

朝阳的手撩开了夜幕，也撩动了诗人的心弦。在浙东重重的青山间，一席白帆急切地向南。

唐朝开元十五年前后，孟浩然自越州出发，循着曹娥江往天台山，写下了这首《舟中晓望》。

曹娥江是浙东名水，青山水国，风光旖旎。当年孟浩然一路东行到萧曹运河的尽头，船只需由人工拖过曹娥坝后方能进入曹娥江。从孟浩然的诗中也可以看出，曹娥江下游江道受风潮影响，变幻无常，浊流奔涌，有“铁面娥江”之称。

如今，这段流经绍兴市上虞区的曹娥江，已成为浙东一道亮丽的风景，被誉为“十八里景观带”。

此刻，二月霜犹浓，春寒仍未了。天光尚早，江上吹来的风也格外地冷冽。此刻来游曹娥江，别有一番情致。入夜的曹娥江更是迷人，两边高楼和江桥彩灯齐放，映出一江霓虹，如同仙境。

曹娥老坝现在成了4A级国家旅游风景区，孟浩然乘坐的船只就是在这里拖坝入江。“江南第一庙”——曹娥庙就在景区内。庙的西侧殿，立着一块石碑，碑文由17岁的少年邯郸淳一气呵成，上面刻有蔡邕的赞语：“黄绢幼妇，外孙齑臼”（意为“绝妙好辞”），这是中国最早的字谜。曹娥江因孝女曹娥投江寻父的故事而得名，它的另一个名字叫舜江，一条江用中华历史上有名的孝子虞舜和孝女曹娥来命名，怕是绝无仅有的。

无论是孟浩然还是李白，来到曹娥江，就必然会去瞻仰东山。东山在离上虞城区六七公里的曹娥江边，山不在高，有文则胜。“不向东山久，蔷薇几度花。”这里因东晋著名政治家谢安曾经隐居而闻名。谢安被中国历代知识分子视为“修齐治平”的楷模。“东山再起”的故事，更是激励着人们从困境中奋力崛起，在危难时勇往直前。

今日的东山，已成曹娥江边又一个风景名胜区。江边石崖边，一块巨石兀然指向江心，江心一块沙洲，形似琵琶，故有“指石弹琵琶”的传说。半山坡上，传说中的蔷薇洞就在此处，其实它并不是一个山洞，而是由茂密的蔷薇树藤勾连而成的一个“树窟”。山顶上的国庆禅寺后面便是谢安墓，墓前石碑上刻有“晋太傅谢公墓”几个字，墓后翠柏幽篁相拥，气氛庄严肃穆。东山后坡，新修了一座太傅祠，正殿里供奉着三位谢氏名人，中间谢安，两边是谢灵运和谢朓，故又称“三公祠”。

站在东山顶上，向西望去，但见一江碧水滔滔北去，两岸青山妩媚多姿。曹娥江，她不仅是一条江，更是一条洒满诗情的锦绣之路。

小贴士

曹娥江上虞段是越窑青瓷的发源地和最重要的生产地，东山附近有许多古窑址，其中的小仙坛东汉古窑址是全国重点文物保护单位。现代国际陶艺中心、青瓷小镇都建在曹娥江边。曹娥江两岸土地肥沃，土壤含硒丰富，适宜各种果树生长，春樱桃，夏葡萄，秋水蜜桃，冬猕猴桃，品尝新鲜水果是上虞旅游的又一特色。

東山再起

早发白帝城

〔唐〕李　白

朝辞白帝彩云间，
千里江陵一日还。
两岸猿声啼不住，
轻舟已过万重山。

诗词小注

李白出于平定安史叛乱的爱国热情，参加了永王李璘的幕府。唐肃宗怕李璘争夺帝位，派重兵消灭了李璘的队伍，李璘本人被执受戮，李白也因此获罪，流放夜郎。出乎诗人意料，乾元二年（公元759年），诗人在长流途中遇赦了。诗人的心情兴奋极了，当他乘舟返回江陵的时候，一气呵成，写下了这首著名的小诗。

诗虽然只有四句，却写得有波澜有曲折。全诗给人一种锋棱挺拔、空灵飞动之感，洋溢着诗人经过艰难岁月后突然迸发的激情，故雄峻迅疾中，又有豪情欢悦。明代杨慎赞其“经风雨而泣鬼神矣”（《升庵诗话》）。清代施补华则赞“太白七绝，天才超逸，而神韵随之”（《岘佣说诗》）。

诗意旅游

奉节，古称夔州，今誉诗城，东邻巫山县，南接湖北省恩施市，西连云阳县，北接巫溪县，境内天坑地缝景区为国家4A级旅游景区。

奉节属四川盆地东部山地地貌，长江横贯中部，山峦起伏，沟壑纵横。奉节北部为大巴山南麓的一部分，东部和南部为巫山和七曜山的一部分，长江横切七曜山形成著名的瞿塘峡。

其旅游资源以自然资源和人文资源为主，主要有夔门、白帝城、三峡之巅风景区、天坑地缝、龙桥河、夔州古象化石、黄金洞、古悬棺、长龙山等。典型的喀斯特地形地貌带来瀑布、溶洞、峡谷等奇观，使其享有“中国山水之门”盛誉。

夔门天险　诗城奉节

蒋云龙　姚　於

眼前的这江水，一如李白1200多年前所见。面对滔滔江水，他吟诵出千古名句。在重庆奉节，我们还能在诗与山水间，追寻那些泛黄史书上记载的过往。

夔　门

锁全川之水　扼巴蜀咽喉

“朝辞白帝彩云间”说的正是夔门壮景。1200多年前，因卷入永王李璘谋反案被流放的李白，正是在夔门收到赦免的消息。吟出如此轻快之句，心中应满是喜悦与释然。

夔门是三峡第一峡瞿塘峡的入口，素有“天下雄”之誉。瞿塘峡虽然只

有 8 公里长，却两岸如削，险绝无比。江两岸是赤甲、白盐二山，有“赤甲晴晖”“白盐曙色”“夔门秋月”等胜景。

在岸边，有怀古栈道，有危石鸟道。行走其间，可见峡中江水汹涌，波涛澎湃。遥想当年，李白就是这样一叶轻舟，顺着滔滔江水，越过万重山峦。

瞿塘关，史书称其“天下至险”，始建于战国时代。唐宋之际，曾有多条拦江铁索于此地横锁大江。时光流转，唯有江水长流，恒久不变。眼光转向岸边，曾经威武不凡的拦江铁索已经是锈迹斑斑。

白帝城是一代豪雄刘备逐鹿梦断之所。曾经三分天下以图光复汉室的刘备，如今只是托孤堂上的一尊木雕泥塑之像。曾经默默无闻的白帝城，也因为他在

此托孤，成为三国历史无法避过的一页。

险如瞿塘关，历来是兵家必争之地。吴蜀以外，楚与巴、晋与吴、元蒙与南宋，均曾在此地鏖战。来这里凭高吊古，还找得到公孙述留下的痕迹、王濬楼船下益州的雄壮……

诗　城

花草石木　皆有诗意

奉节不只是天险要塞。作为“中华诗城”，这里留有742位诗人的4464首诗作。

这里的一花一草、一石一木，似乎都能找到古人走过的痕迹，吟过的诗句。“东边日出西边雨，道是无晴却有晴”是多变夏日带给诗人的无尽思绪，“无边落木萧萧下，不尽长江滚滚来”是诗圣在深秋奉节目睹的雄浑辽阔……

前人借景抒情，今人借诗怀古。那些感同身受的心境与诗情，由着这些诗句得以抒发。比如思乡，“白帝城头春草生，白盐山下蜀江清。南人上来歌一曲，北人莫上动乡情”；比如失意，“瞿塘峡口冷烟低，白帝城头月向西。唱到竹枝声咽处，寒猿晴鸟一时啼”。

奉节人的生活也是一首首回味悠长的诗。

奉节曾是一座繁花似锦的古城，有雄伟壮丽的城墙和鳞次栉比的白墙黑瓦。抗日战争时期，侵华日军的大轰炸中，古城逐渐消失，只有100多年前的老照片里还留着这一段回忆。

但是，侵华日军的轰炸炸毁了古城，却没有炸趴下奉节人。来到瞿塘关遗址博物馆，人们耳边仿佛又响起了哗啦啦的铁索声，那些喊着号子、拉着大船的纤夫，似乎也正在从绝壁上走过。那被纤夫脚底板磨得光滑如镜的三峡石，上面深深刻满的是“愈炸愈强”的决心。

望洞庭

〔唐〕刘禹锡

湖光秋月两相和，
潭面无风镜未磨。
遥望洞庭山水翠，
白银盘里一青螺。

诗词小注

刘禹锡在《历阳书事七十韵》序中称：“长庆四年八月，予自夔州刺史转历阳（和州），浮岷江，观洞庭，历夏口，涉浔阳而东。”刘禹锡贬逐南荒，二十年间去来洞庭，据文献可考的约有六次。其中只有转任和州（今安徽和县）这一次，是在秋天。本诗则是这次行脚的生动记录。

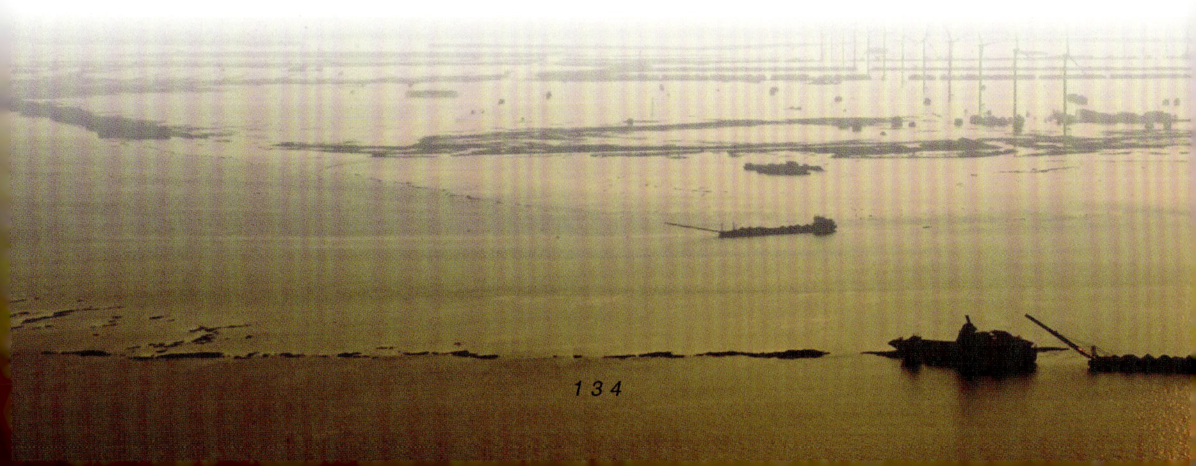

本诗选择了月夜遥望的角度，把千里洞庭尽收眼底，抓住最有代表性的湖光和山色，轻轻着笔，通过丰富的想象、巧妙的比喻，独出心裁地把洞庭美景再现于纸上，举重若轻，自然凑泊，毫无矜气作色之态，表现出惊人的艺术功力。

诗意旅游

洞庭湖位于长江中游，跨越湖南、湖北两省，东抵岳阳、汨罗、临湘市，南达宁乡、益阳，西临常德、澧县，北与长江相连。洞庭湖目前已分割成东洞庭湖、南洞庭湖、目平湖、七里湖及许多小湖群。其主体部分之一的东洞庭湖为市境所裹挟。洞庭湖北纳长江支流松滋、太平、藕池、调弦四口，南汇湘、资、沅、澧四水，由城陵矶注入长江。据 1983 年测量，湖泊面积为 2691 平方公里，总湖容 178 亿立方米，湖面海拔 34.5 米，最深点达 30.8 米。为我国第二大淡水湖。

关于洞庭湖的名称，历代典籍中有各种不同的记载。《尚书·禹贡》称为“九江”,《书经》《周礼》《尔雅》《左传》称为“云梦”;《战国策》《史记》称为“五渚”,《尔雅注》《汉书》称为“巴丘湖”;《水经注》《荆州记》及唐代文人有时称其为“太湖”;《南迁录》称为“重湖”。“洞庭”之名始见于《山海经》，但不是指湖而是指湖中之山。何谓洞庭？唐李思密的解释是：洞庭“盖神仙洞府之一也，以其为洞府之庭，故有是称”。后世人们遂移山名于湖，称之为洞庭湖，而洞庭山则易名为君山了。

洞庭湖波澜壮阔，雄浑广大，一览令人心胸舒展，豁然开朗。古往今来，迁客骚人，无不为洞庭湖的浩瀚气势所倾倒。在李白的诗中，洞庭湖是“水尽南天不见云”；杜甫的笔下，洞庭湖是“吴楚东南坼，乾坤日夜浮”；韩愈的评价是“洞庭九州间，厥大谁与让”；范仲淹的《岳阳楼记》则描写它“衔远山，吞长江，浩浩汤汤，横无涯际，朝晖夕阴，气象万千”。洞庭湖不仅阔大，而且秀丽。湖中景状，一日之中，变化无穷。“朔风吹浪千里雪”，无异于北国风光；“落日西沉万顷金”，则有登泰山观日出之妙。湖中渔帆点点，岸边芦叶青青；鸥鹭翔集，鱼豚争游，“潇湘八景”中的“平湖秋月”“远浦归帆”“平沙落雁”“渔村夕照”，尽在洞庭一湖。更兼岳阳楼、君山、慈氏塔、鳊山等无数名胜古迹点缀其间，使这天下名湖更加富有诗情画意。

身临其境

烟波洞庭水　怀古到君山

孙　超

刘禹锡这首风格轻快、比喻传神的小诗在众多的“洞庭诗”中别具一格。诗中所写白银盘中的“青螺”，指的就是洞庭湖上的君山岛。

君山岛古时候又叫湘山、洞庭山。虽然是岛，并不与陆地完全隔离。在少雨季节，浅滩上一条狭长的公路将陆岛相连。到了六七月的雨季，道路被烟波浩渺的洞庭水淹没，渡船就成了唯一的交通工具。

洞庭湖太浩大了，立于万顷碧波中的君山岛，就成了人们想象力的支点。这片不足一平方公里的土地，承载了浓得化不开的记忆与情愁。

在君山岛的游船码头附近，有一道传说中的“秦皇封山印”。尽管很多学者认为封山印上的文字并非来自秦始皇时代，但秦始皇与君山的关联的确有据可查。据《史记·秦始皇本纪》，始皇帝南巡途中，在君山岛附近“逢大风，几不得渡”。当秦始皇迁怒于湘水的女神，迁怒于君山的草木，“使刑徒三千人皆伐湘山树”，竟让整座碧绿的君山岛都变成了暗红的赭色。

刘禹锡未必见过这“封山印”，但他一定知道《史记》中的这段故事。在著

名的《君山怀古》中，他写道："属车八十一，此地阻长风。千载威灵尽，赭山寒水中。"秦始皇的仪仗再大，都会被一时的风浪阻挡。神灵的威名再盛，也有一天要烟消云散。

岛上的湘妃祠、二妃墓和一片斑竹园，共同诉说着一段关于殉情的往事。舜帝的两位妃子听闻丈夫在遥远的湘水上游去世的消息，她们悲痛欲绝，最终身死洞庭。当她们的眼泪洒在君山岛的竹子上时，竹子也有了斑斑泪迹，"湘妃竹"的传说也由此而来。

从屈原的《湘君》《湘夫人》开始，千百年来人们对湘夫人故事的反复吟诵，已经足以让传说凝固成记忆。"湘妃庙"这一意象更寄托了后世无数人的千年惆怅，诗人孟郊说："冥冥荒山下，古庙收贞魄。"而杜甫则写道："肃肃湘妃庙，空墙碧水春。"

或许是湘夫人的故事过于悲恸，君山岛也需要一个圆满的传说。唐传奇《柳毅传》的故事，据说也发生在这里。书生柳毅偶遇被丈夫欺侮的洞庭龙王之女，听完倾诉之后愤而不平，毅然决定要助她千里传书。几经波折，龙女终于被龙宫解救，而柳毅也与她结为夫妻，从此过上幸福的生活。如今君山岛上的柳毅井与传书亭常常会吸引新婚夫妇来此合影留念。看着柳毅井旁飘飞的婚纱裙摆，想象洞庭龙女当年的装扮，一时间也有时空交错之感。

登临君山时，君山上的一亭一台，一石一井，都呈现出丰富的历史底蕴，成为怀古幽情的抒发之地。即使只想看看自然的美景，君山岛上青翠欲滴的茶园，蜿蜒曲折的小路，鸟鸣风吟的声响，足可以让你在身处洞庭的万顷胸怀之时，感受君山的恬静之美。

枫桥夜泊

〔唐〕张继

月落乌啼霜满天，
江枫渔火对愁眠。
姑苏城外寒山寺，
夜半钟声到客船。

诗词小注

这是一首脍炙人口的名作。诗人夜泊枫桥，孤舟长夜，冷落寂寥，不能成眠，羁旅乡愁，油然而生，于是写了这首情思缠绵、意境悠远的佳篇。整首诗以“愁眠”来贯穿，诗中的景物、色彩、音响、环境与夜泊江边的心绪、情怀十分和谐，表现了诗人高超的艺术技巧。

夜半钟的风习，在古籍中早有记载，但把它写进诗里，成为诗歌意境的点眼，却是张继的创造。在张继同时或以后，虽也有不少诗人描写过夜半钟，却再也没有达到过张继的水平，更不用说借以创造出完整的艺术意境了。

霜鐘天
法音無

坐落于苏州城西枫桥古镇、京杭运河东岸的中国十大名寺之一的寒山寺，始建于南朝梁天监（公元502年—519年）年间，在苏州佛教史乃至整个中国佛教发展史上有着重要的地位。寺院的诗碑、钟声、塔影享誉海内外。

寒山寺殿宇大多为清代建筑，主要有大雄宝殿、庑殿（偏殿）、藏经楼、钟楼、碑廊、枫江楼、霜钟阁、大钟苑、和合福道、寒山子诗碑廊等；佛像雕塑别具一格；碑刻艺术天下闻名，碑廊陈列着历代名人岳飞、唐寅、董其昌、康有为等人的诗碑，其中晚清俞樾书张继诗碑最为著名。

今日寒山寺是国家4A级景区，已成为“东方水城·天堂苏州”的一张名片、民间对外交往的一座桥梁。

身临其境

夜半钟声寒山寺

姚雪青

“铛……铛……”每年 12 月 31 日 23 时 42 分开始，寒山寺钟楼洪亮通透的钟声总会准时响起，回响在黑夜，仿佛是经过诗化的雷声。钟敲 108 下，每一下代表一个烦恼。据说，听完辞旧迎新的钟声，来年烦恼便随风而去。自 1979 年至今，新年敲钟活动已历三十几个春秋，寒山寺的钟声也早已响彻大江南北、四面八方。

说起中国十大古寺之一的寒山寺，人们都会想起唐代诗人张继写的《枫桥夜泊》。这是当年张继进京考试落第，归途中夜泊枫桥，写下的千古绝唱。这座古寺坐落于苏州城西枫桥古镇、京杭运河东岸，始建于南朝梁武帝天监年间。初名“妙利普明塔院”，后因唐代诗僧寒山子曾驻锡于此，遂改名“寒山寺”。如今，来到寺院周围，依然可以看到唐朝遗址下的枫桥。气势恢宏的建筑，映衬着蓝天与绿树，有一种历史与现实交融碰撞的美感。寺内古迹甚多，有张继诗的石刻碑文，寒山、拾得的石刻像，文徵明、唐寅所书碑文残片等。寺内主要建筑有大雄宝殿、庑殿、藏经楼、碑廊、枫江楼等。大雄宝殿内两侧壁内镶嵌的是36首寒山的诗碑，还有悬挂于两侧的十六罗汉像。在藏经楼南侧，有一座六角形重檐亭阁，这就是以“夜半钟声”闻名的钟楼。

历史上，寒山寺也曾历经劫难。过去的1000多年中，寒山寺先后多次遭到火毁，最后一次重建是清代光绪年间。江苏巡抚陈夔龙重修寒山寺时督造的钟，如今依然保存在钟楼内。

如今我们见到的大钟，是2008年铸造的仿唐大钟，高8.6米，钟底裙边最大直径5.2米，重108吨，由铜金锡锌铅五种金属冶炼而成。钟面铭文是《佛说妙法莲华经》，有7万余字，阳文楷体。钟体造型宏大、厚重、秀美。下部六铣口裙边上，铸有九幅精美的飞天图案。

《枫桥夜泊》之后，更有历代文人墨客在这里吟唱着不朽诗篇。近年来，寺院着力挖掘并传承诗钟文化。1996年建成妙利普明宝塔，2008年铸成世界第一的梵钟，建成中华第一的《枫桥夜泊》诗碑。张继诗篇手稿早已不见，现存的历代书写《枫桥夜泊》碑刻存于寒山寺碑廊，其中以俞樾手书最为有名。

1000多年的月圆月缺、月起月落间，枫桥边依旧浪花飞溅、人来人往。唐朝的客船早已不见了踪影，唯有古寺传来亘古悠扬的钟声。

昔日烽火 今朝风韵

胜迹篇

念奴娇·赤壁怀古

〔宋〕苏轼

大江东去，浪淘尽、千古风流人物。
故垒西边，人道是、三国周郎赤壁。
乱石穿空，惊涛拍岸，卷起千堆雪。
江山如画，一时多少豪杰！
遥想公瑾当年，小乔初嫁了，雄姿英发。
羽扇纶巾，谈笑间、樯橹灰飞烟灭。
故国神游，多情应笑我、早生华发。
人生如梦，一樽还酹江月。

诗词小注

清代词论家徐釚谓东坡词“自有横槊气概，固是英雄本色”（《词苑丛谈》卷三）。在《东坡乐府》中，最具有这种英雄气概的代表作，恐怕要首推这篇被誉为“千古绝唱”的《赤壁怀古》了。这篇词是北宋词坛上最为引人注目的作品之一。它写于宋神宗元丰五年（公元1082年）。当时，由于苏轼诗文讽喻新法，为新派官僚罗织论罪贬谪到黄州，这首词是他游赏黄冈城外的赤壁矶时写下的。

这首词以空前的气魄和艺术力量塑造了一个英气勃发的人物形象，透露了作者有志报国、壮怀难酬的感慨，为用词体表达重大的社会题材开拓了新的道路，产生了重大影响。据记载，当时有人认为此词须关西大汉手持铜琵琶、铁绰板进行演唱。虽然他们囿于传统观念，对东坡词新风不免微带讥诮，但也从另一方面说明，这首词的出现，对于仍然盛行缠绵悱恻之调的北宋词坛，确有振聋发聩的作用。

诗意旅游

东坡赤壁位于湖北省黄冈市黄州的西北部，是全国重点文物保护单位、国家 4A 级旅游景区、全国中小学生研学实践教育基地、省级风景名胜区、湖北省首批文化遗址公园。因北宋著名文学家苏轼于此写下千古绝唱赤壁“二赋一词”而得。

二賦堂

东坡赤壁亭台楼阁始建于东晋，现存古建筑大多系清同治七年（公元 1868 年）所修，计有碑阁、二赋堂、挹爽楼、涵辉楼、栖霞楼、酹江亭、坡仙亭、睡仙亭、放龟亭、问鹤亭等景点二十多处。建筑依山势高下而立，与地形结合，浑然一体，是中国古建筑人文美与自然环境美和谐统一的上乘之作。现有明、清、近现代书画石刻 300 余块，其中苏轼书画石刻 120 余块，特别是国家一级文物《景苏园帖》，堪称艺术珍品。

赤壁

〔唐〕杜牧

折戟沉沙铁未销，
自将磨洗认前朝。
东风不与周郎便，
铜雀春深锁二乔。

诗词小注

这首诗是作者经过赤壁这个著名的古战场，有感于三国时代的英雄成败而写下的。诗以地名为题，实则是怀古咏史之作。

诗的前两句，是诗人借遗物而感兴，引出对历史事件和历史人物的议论。这样的开端别出心裁，和同时代其他诗人的咏史之作相较，新颖别致。最后两句是全诗的重点，诗人没有从赤壁之战正面去发议论，而是从侧面落笔，用形象的语言，“带情韵”地进行抒情性议论。

后来的诗论家对于杜牧在这首诗中所发表的议论，也有一番议论。宋人许顗《彦周诗话》云："杜牧之作《赤壁》诗……意谓赤壁不能纵火，为曹公夺二乔置之铜雀台上也。孙氏霸业，系此一战。社稷存亡，生灵涂炭都不问，只恐被捉了二乔，可见措大不识好恶。"这一既浅薄又粗暴的批评，曾引起很多人的反对。如《四库提要》云："（许顗）讥杜牧《赤壁》诗为不说社稷存亡，惟说二乔。不知大乔乃孙策妇，小乔为周瑜妇，二人入魏，即吴亡可知。此诗人不欲质言，故变其词耳。"诗人通过"铜雀春深"这一富于形象性的诗句，以小见大，正是他在艺术处理上独特的成功之处。

“赤壁一日，梦回千年！”

二龙争战决雌雄，赤壁楼船扫地空。烈火张天照云海，周瑜于此破曹公。

三国赤壁位于当今的湖北省赤壁市，自古就是一块巧借善联、创造奇迹的热土。

峡江秀出，江船漫渡，占地3.5平方公里，全国唯一保存完好的古战场遗址、国家5A级旅游景区——三国赤壁古战场景区屹立江边。在这里，全国重点文物“摩崖石刻群”、省重点文物“凤雏菴”“拜风台”、战场遗址出土的3762件文物，共同诉说着那场“樯橹灰飞烟灭”的赤壁大战。

赤壁　文豪武将竞折腰

田豆豆

文赤壁

位于湖北省黄冈市的文赤壁，又称“东坡赤壁”，是一组依山傍水而建，屹立于赤壁矶上的清代建筑群，有二堂、二阁、三楼、九亭等，亭台楼阁中珍藏着历代著名文人、书法家留下的诗词、楹联、匾额或书法手迹，蔚为大观。

“东坡赤壁”是苏轼创作千古名篇《念奴娇·赤壁怀古》及前、后《赤壁赋》的故地。在苏子之前，黄州本是边远蛮荒之地；而在苏子之后，此地文风鼎盛，成为历代文人墨客“朝圣”之所。正如“东坡赤壁”古门楼上的对联所言：“客到黄州或从夏口西来武昌东去，天生赤壁不过周郎一炬苏子两游”。这副对联的作者清代黄州知府郭朝祚，便是将“黄州赤壁”更名为“东坡赤壁”的人。

今日所见之东坡赤壁，距离长江已有数公里之遥，登最高处的栖霞楼极目远望，也只能看见长江江堤上的葱葱树林。唯有老照片能证明此“赤壁矶”前的道路、池塘、廊道原是滔滔江水。曾让苏轼文思泉涌的赤壁崖下，也早已不见“乱石穿空，惊涛拍岸，卷起千堆雪”的壮丽景象，只余碧绿的湖水，

平静无波。然而，沧海桑田的变化，并不妨碍苏轼“二赋一词”将此地凝为不朽。

东坡赤壁最著名的建筑便是二赋堂，堂内有知名书法家书写的东坡先生前、后《赤壁赋》。二赋堂始建于清初，同治七年（公元 1868 年）重建。二赋堂正中有一巨型木壁，高约两丈，木壁的阳面镌刻着清代黄州名士程之桢书写的《赤壁赋》，楷书；木壁的阴面镌刻着李开侁书写的《后赤壁赋》，汉隶魏碑二体相兼。堂内有副楹联：“古今往事千帆去，风月秋怀一篴（dí，同‘笛’）知”。落款为“水竹村人”。“水竹村人”便是民国大总统徐世昌。而二赋堂前意气风发的对联“才子重文章，凭他二赋八诗，都争传苏东坡两游赤壁；英雄造时势，待我三年五载，必艳说湖南客小住黄州”，则是近代著名革命家黄兴在辛亥革命前夕游赤壁时所撰。

前后《赤壁赋》立于二赋堂上，而东坡先生著名草书《念奴娇·赤壁怀古》则刻于坡仙亭中。坡仙亭建于清同治七年。坡仙之称来自南宋诗人戴复古的诗句：“白鸟沧波上，黄州赤壁边。长江酹明月，更忆老坡仙。”

坡仙亭屹立赤壁矶头，亭内三面壁上嵌有历代名人的书画碑刻 26 块，其中东坡先生的 12 块书画碑刻被视为国宝。

东坡雪堂、碑阁、挹爽楼、栖霞楼、酹江亭、睡仙亭、放龟亭、望江亭……拾级而上，每一次驻足，无不有名人故事、无不有书家墨宝。

此处让人仰慕，“江山如画，一时多少豪杰”。此处亦让人感慨，“人生如梦，一樽还酹江月”。

顺道游

黄州遗爱湖公园，是一处自然山水与人文景观融合的东坡文化主题公园。有遗爱清风、临皋春晓、东坡问稼、一蓑烟雨、琴岛望月、红梅傲雪等 12 个景区。公园内不同景区分别分布着苏东坡纪念馆、紫竹苑、爱莲馆、傲雪轩、芸香阁等六大展馆。

武赤壁

文赤壁因苏轼名篇而名传千古。然而，后世也不乏“较真”之人，对黄州

究竟是不是三国赤壁之战那个“赤壁”进行考证和争鸣。南宋诗人、宰相李壁曾作诗《赤壁》:“赤壁危矶几度过，沙头江上郁嵯峨。今人误信黄州是，犹赖水经能正讹。”而今日的湖北省咸宁市赤壁市，则因拥有“赤壁矶”，以及可资考证的出土文物而得到相当程度的认可，1998 年 6 月，经国务院批准正式由“蒲圻市”更名为赤壁市。

位于赤壁矶头的赤壁古战场遗址，为国家 4A 级景区。与文赤壁的风雅迥异，一走近古战场遗址，就仿佛置身于战争之中。景区的正门就是仿照“谯楼”而建。谯楼，即城门上的瞭望楼。据《三国志·吴书·吴主传》记载:“(赤乌三年夏四月)诏诸郡县治城郭，起谯楼，穿堑发渠，以备盗贼。”

一进入正门，便是巨大的神武台，上有凶猛的饕餮浮雕，显得庄严肃穆。相传，“神武台”是“赤壁之战”时周瑜点将的地方。

从神武台左侧拾级而上，便是金鸾山，古称“西山”，是与诸葛亮齐名的

“凤雏”庞统的隐居之所。从清幽的山林中穿行而过，山腰一棵1800年的银杏树吸引了众多游人围观、拍照。而这棵相传为庞统手植的老树之后，就是庞统的旧居“凤雏庵”。当然，凤雏庵已非最初的模样，经西晋初年初建，重修于清道光二十六年（公元1846年）。原为五重大殿，因毁于战火，今仅存最上一重。分三个殿室，正殿供奉有凤雏先生的全身塑像，塑像两侧有一副对联：“造物多忌才，龙凤岂容归一室；先生如不死，江山未必许三分”。

庞统在赤壁之战中也发挥了重要作用。相传是庞统向曹操献计，将战船“首尾相连”，以免北方战士的颠簸之苦，实则是为“火烧赤壁”创造条件。这也是“三十六计”中著名的“连环计”。

“欲破曹公，宜用火攻。”而曹军战船相连之后，火攻最重要的一个条件是，必须有东南风。正所谓“东风不与周郎便，铜雀春深锁二乔”。赤壁古战场里，有一古迹“拜风台”，又名武侯宫，印证诸葛亮“借东风”的故事。据传，诸葛亮的祭风台只是临时搭建的一个土台子，经过1700多年的风雨洗礼，过去的土台子早已不复存在。现址初建于宋朝，明洪武十五年（公元1382年）再次修缮后定为吴主庙；明朝万历三十八年（公元1610年）嘉鱼县知县葛中宪又将其改名为“拜风台”。现存的拜风台系1936年赤壁道人重建，重建时还掘出“祭风台”三个大字的残碑，至今展示于大殿之内。

东南风显然不可能是诸葛亮祭拜来。但他上知天文，下知地理，在赤壁之战前夕，可能已经预测到战时会起东南风。而举行“拜风”仪式，实则为了振奋军心。

赤壁之战到底发生在哪？行至赤壁矶下，长江之滨，两个红色大字“赤壁”格外引人瞩目。这两字各长150厘米，宽104厘米。《湖北通志》记载“赤壁”二字，乃周瑜所书。不过，据后世考证，此二字最初刻于唐代。唐代诗人杜牧亦有咏史名篇《赤壁》。诗中“折戟沉沙铁未销，自将磨洗认前朝”为写实，记录了诗人游历赤壁时，从沉沙中打捞起赤壁之战的古兵器。杜牧所咏赤壁到底是在哪个“赤壁”，今人仍有争议。但在长江赤壁段，后人的确打捞了数量惊人的三国时期箭镞、兵器，今陈列于赤壁市博物馆。赤壁之战发生于此，得到了一些史学家的认同。

渡荆门送别

〔唐〕李　白

渡远荆门外，来从楚国游。
山随平野尽，江入大荒流。
月下飞天镜，云生结海楼。
仍怜故乡水，万里送行舟。

诗词小注

这是一首著名的描绘祖国壮丽河山的诗篇，为李白出蜀时所作。诗人这次出蜀，由水路乘船远行，经巴渝，出三峡，直向荆门山之外驶去，目的是到湖

北、湖南一带楚国故地游览。所谓“送别”，意指江水送自己离别蜀中。

全诗一气直下，如大江奔流，格调轻快。诗人以清新飘逸的笔触，生动地描绘了沿江东下所见的壮阔形势和绮丽景色。中间两联，尤以颔联为最，气象阔大，气势飞腾。这里的山和水，都富有强烈的感情色彩，不仅表现了大自然的壮丽多姿，也反映了诗人从蜀地初到平原的喜悦心情和开阔胸襟。尾联因江水而产生的遐想和沉思，都在这“万里送行舟”的深情祝福中，化为对故乡的眷恋和对前途的憧憬。

诗意旅游

荆门山位于湖北省宜都市红花套镇北端，跨宜都市与宜昌点军区分界。山体南北长 3 公里，东西宽 2 公里，方圆约 6 平方公里。主峰海拔 139.2 米。此山与对岸虎牙山隔江相望，形成一道长江出三峡入江汉平原的门阙，故曰“荆门”。荆门山共有 12 峰，历代素称“十二碚”。

江岸峭壁千寻，峥嵘突兀，状如虎齿，是历代兵家常争之地，有“楚之西塞”“三峡锁钥”之称。历史上这里曾发生过大小战争百余次，秦楚荆门之战、公孙述浮桥拒汉兵、陆逊火烧连营的夷陵之战、梁陈安蜀城之战等著名战事都发生在这里。历代著名文人在此留下无数诗词和传文。代表性的有唐代诗人陈子昂的“巴国山川尽，荆门烟雾开”，李白的“渡远荆门外，来从楚国游。山随平野尽，江入大荒流”等。这些诗作都形象记录了荆门山的地理形胜。

身临其境

楚之西塞忆烽火

范昊天

1200多年前，当20多岁的青年李白第一次出川游历，走水路入长江，经过三峡荆门、虎牙之间，看到“山随平野尽，江入大荒流”的壮阔景象，万丈豪情喷涌而出。

十二背

以“三峡门户”“川鄂咽喉”著称的宜昌，古称夷陵，因“水至此而夷，山至此而陵”得名，意思是水到了这里就化险为夷，山到了这里就变成了小的丘陵。

乘船出葛洲坝船闸，顺流而下10公里处，长江南岸峭壁林立，峥嵘突兀，绵延十余公里，这便是唐诗中多次提到的荆门山（系）。唐朝杨炯、陈子昂、王维、李白、杜甫、白居易、韦应物，宋朝欧阳修、苏轼、寇准、范成大、司马光……众多文人墨客都曾途经此地。历史上这里频繁的战事和险峻的风景，为他们提供了绝佳的吟咏题材。

顺着宜昌市点军区艾家镇往下游行去，依次出现十二座山峰，这便是民间俗称的荆门“十二碚”，又名十二背。根据清代所修《东湖县志》记载，十二背有观音背、偃月背、将军背、乌石背、丞相背、天鹅背等，由其形貌得名。其中第十二背上有一天然巨石，形如弯月，向前十一背盖去，构成一座天然拱桥，人称“仙人桥”。远远望去，第十一背与第十二背矗立两侧，“仙人桥”横于其上，其状如门，故名荆门山，是古人乘舟进出三峡的重要地标。

古战场

“扼巴蜀咽喉，为荆楚门户”，由于特殊的地理位置和险要的地势，荆门山成为历代兵家必争之地。北魏郦道元《水经注》记载：“江水又东历荆门、虎牙之间……此二山，楚之西塞也。”

公元前 278 年，秦将白起伐楚，火烧夷陵，还焚毁了楚国宗庙。唐代诗人刘禹锡曾作《松滋渡望峡中》一诗“梦渚草长迷楚望，夷陵土黑有秦灰”，即是指此事。这也是宜昌有历史记载的最早一次战争。

自先秦至清，这里先后发生了多次大型战役，其中最为著名的当属三国时期吴蜀猇亭之战。公元 221 年，刘备为替关羽报仇，亲率大军东征孙吴，吴国派陆逊率军应战，双方相拒于夷陵地区。后陆逊火烧连营七百里，大败蜀军，刘备败退白帝城，不久去世。据考证，猇亭之战的发生地就在今天的猇亭虎牙山。

如今，山上建有猇亭古战场风景区。景区内林木青翠，藤蔓盘罗，仿汉古建筑鳞次栉比。

虎牙滩江边的绝壁上，有一条 1500 余米的古纤道，像一条巨龙横卧在峭壁之间。古纤道尽头处有“屯兵洞”，传说为历代战争屯兵所用。洞口如门形，高约 3 米。洞向下弯曲延伸，越往里走越窄。洞中钟乳丛生，洞洞相连，是隐兵屯粮的天然处所。

跨江桥

站在虎牙山上远眺，隔着一层薄薄的雾气，对面荆门群山若隐若现。此处长江江面相对较狭窄，古代不少朝代在此处修建关城，搭设便桥，作为御敌工事。

公元 33 年，割据称帝的公孙述为阻止刘秀汉军入川，曾派遣田戎等人于荆门与虎牙之间架起浮桥。这是有史可考的第一座“长江大桥”。两年后，刘秀部将岑彭领兵六万攻荆门，率舟师直冲浮桥，因风纵火，桥楼崩坏，最终打败公孙述。为张扬功德，岑彭在荆门山建起楚塞楼，楼为三层六角，上书楹联“上收蜀道三千之雄，下锁荆襄一方之局”。历代战火中，原楼早已损毁不见。今天在虎牙山头，有一座近年重建的楚塞楼，从中依稀可见当年名楼的风采。

公元 272 年，为抵御晋师东下，吴国在长江中暗置铁锥，并在荆门、夷道等地用铁链横锁江面，成为“铁索桥”。西晋将领王濬率领数十艘大筏冲走铁锥，并用火炬烧熔铁链，攻克荆门、夷道二城，然后顺江东下，直取建邺。唐代刘禹锡“王濬楼船下益州，金陵王气黯然收。千寻铁锁沉江底，一片降幡出石头”一诗便是指此事。

世事变迁，如今江面上早已不见浮桥、铁索桥的踪迹。在公孙述搭浮桥近 2000 年后，北踞虎牙平台，南依荆门山麓，一座大桥横空出世，江关从此真正畅通。这便是全长 1188 米的宜昌长江公路大桥。这是首座完全由中国自己设计、施工、监理的特大跨径悬索桥。大桥两端，两座朱红色的桥塔高耸入云，悬起 80 对吊索，如龙爪攥玉，稳如泰山。夜色中，大桥华灯鲜亮，灿若虹霞。桥下的江面也被灯光映照得格外璀璨动人。也许，李白所见“月下飞天镜，云生结海楼”的雄奇画面，也不过如此吧。

雁门太守行

〔唐〕李贺

黑云压城城欲摧，
甲光向日金鳞开。
角声满天秋色里，
塞上燕脂凝夜紫。
半卷红旗临易水，
霜重鼓寒声不起。
报君黄金台上意，
提携玉龙为君死。

诗词小注

“雁门太守行”为乐府旧题。李贺生活的时代藩镇叛乱此起彼伏，从有关这首诗的一些传说和材料记载推测，可能是写平定藩镇叛乱的战争。

诗中塑造了边塞将士浴血奋战的英雄形象，歌颂他们慷慨赴难的英雄气概。前两句写唐军将士整装待发，是出战前的情景，通过景物描写形象地反映出临战前的形势，创造了紧张的战斗气氛；三、四句写唐军将士乘夜出兵，从听觉、视觉两种角度，描写行军途中的所见所闻；五、六句写唐军将士向敌军进击的

情景；最后两句写唐军将士誓死报国的决心，也反映出作者幻想投笔从戎，建功立业，却又得不到统治者赏识，“英雄无主”的悲哀。

诗人以悲壮豪放的风格、秾丽多彩的预言，描写了唐军边塞将士从严阵待敌到慷慨赴难的战斗过程。但在诗歌所创造的战斗画幅里，既没有出现敌军，也没有具体地描写战斗。整首诗篇以虚写实，用景物描写来渲染、烘托进展的战斗气氛，交代唐军的行动过程。

雁门关，位于中国山西省忻州市代县县城以北约 20 公里处的雁门山中，是长城上的重要关隘，以“险”著称，有“天下九塞，雁门为首”之说。

雁门关的重要性在于自古为边防戍守要地。雁门山东与恒山相接，略呈东西走向横亘于晋北大同盆地与晋中忻代盆地之间，构成南北之巨防。雁门关自古就是边防战略要地。自公元前 4 世纪至 20 世纪，发生在这里的战事，据不完全统计就有 140 多次。自秦汉以来，成为民族大融合的前沿地带。

雁门关景区现有东、西二门，皆以巨砖叠砌，过雁穿云，气度轩昂，门额分别雕嵌“天险”“地利”二匾。东西二门上曾建有城楼，巍然凌空，内塑杨家将群像，并在东城门外为李牧建祠立碑。

易县，古称易州。易水发源于古易州五回岭南麓，穿易县，过定兴，再与拒马河交汇，下白沟，达津沽，一路浩荡，奔腾入海，素有“凌励越万里，透迤过千城”的美誉，元代勘定“燕山八景”时，尚要“重行易水三关路，为欠

燕山八景诗”，足见易水文化的历史悠远。

易水河哺育了易州先民。位列2004年中国十大考古新发现之首的易县北福地文化遗址，将易县文明史追溯到了8000年前。其出土文物表明，8000年前，易水河畔就出现了农耕、房屋、村落等，是中国农业文明的发源地之一。《山海经》的《山经》证实山经河经易水过白洋淀入海，故易水为黄河古道一部分。距今4500年至5000年，有易氏部落在此居住，易水之名就由有易氏部落而来。

易水河熔铸了民族精神。公元前227年，荆轲和着高渐离奏出的羽声，在易水河边留下千古绝唱：“风萧萧兮易水寒，壮士一去兮不复还！”1941年9月，易水南岸的狼牙山，五壮士在弹尽粮绝后英勇跳崖，表现了崇高的爱国主义、革命英雄主义精神和坚贞不屈的民族气节。易水河见证了一幕幕惊天地、震寰宇的历史片断，昭示着以“慷慨悲歌”为主要内容的燕文化的形成与发展。

身临其境

雄关漫漫　雁飞其间

乔　栋

每一个第一次经过雁门的人，都会被这突如其来的险峻惊到。从太原出发往北，在太原盆地里穿行一个多钟头，审美疲劳会瞬间被雁门的落差冲淡。刚才还在平原地带，只用了十来分钟，汽车便急行上山，一侧是雁门连绵不绝之山脉及长城，一侧则是让人不敢久瞰的悬崖，山下的河谷平川依稀可见，自己却已置身云上。

三关冲要地　巨防扼咽喉

每个季节来雁门，感受都不同。夏天，在穿山越岭中，雁门隧道一过，便是天高云淡、云卷云舒的漠北关外世界。冬天，在一片白雪皑皑中，雾锁雁门。

唯一一致的，是每次经过时都让人屏住呼吸的心跳。

相传每年春来，南雁北飞，口衔芦叶，飞到雁门盘旋半晌，直到叶落方可过关。故有“雁门山者，雁飞出其间”的说法。

树欲静而风不止，雁门历来是兵家必争之地。尤其是北宋，燕云十六州被割让后，雁门成了北部第一道也是最重要的屏障。北部游牧民族的骑兵千里直下，到此却踌躇难进。

这是因为，雁门不只是一个关，更是一片山。

从地图上看，表里河山的山西，由南北相连的“人”字形盆地构成。“人字头”北达漠南与幽燕，“人字撇”经陶唐夏晋之地与黄河津渡折向关中，“人字捺”经上党之地与南太行通往洛阳。而雁门山，就处在“人”字上半部分的咽喉之处，横断盆地，西接吕梁山，东接恒山，一关在此，大雁难度。

换句话说，雁门关一旦被攻破，北方游牧民族骑兵长驱直入，几乎立刻可以打穿整个山西，紧接着就可以驱兵从东北方向直取保定、北京，或者一路南下，从洛阳方向进入中原。山西一旦被攻克，中原地带一马平川，几乎再无险可守。

雁门关与偏关、宁武关、平型关以及内三关，中间用长城相连，堪称南北之巨防，共同组成了一道翼蔽晋冀乃至中原的防线。“三关冲要无双地，九塞尊崇第一关”，雁门的军事地位之显著，一览如斯。

1937 年 10 月，八路军第 120 师师长贺龙命令 358 旅 716 团主力，于山西代县雁门关以南公路两侧高地设伏，打击往返于大同至代县间的日军运输部队，切断进攻忻口之敌的后方补给线。从 18 日至 21 日，八路军第 716 团在雁门关以南共毙伤日军 500 余人，毁汽车 30 余辆，切断了敌由大同经雁门关至忻口的后方补给线，使进攻忻口日军的弹药、油料供应濒于断绝，攻势顿挫。

雁门关伏击，作为抗战之初有代表性的一仗载入了八路军英勇抗战的光荣史册。

雄关换新装　旧骨仍铮铮

千百年来，雁门留过情、流过血，昭君的嗒嗒马蹄声回荡山谷，杨令公的金刀撕破苍穹。斗转星移，时间快进，雁门依旧是雁门。

如今，高速隧道已打通，雁门关景区也已开发出来。从山脚下逐步上趋，经过满目旅游商品的小集市，一转弯，雁门关城楼便映入眼帘。穿过厚重朴实的城门，便进入了瓮城。从瓮城向四周看，左右两侧长城相连，山峰处烽火台已经修复。

雁门关由关城、瓮城和围城三部分组成。登上关城城楼，一眺远方。远处重山护卫，却乱中有序，渐次向雁门关隘靠拢，如同一个锥子形，汇集到不能再窄之处，雁门关正坐落于此。

雁门关的围城随山势而建，周长 5 公里多。城墙与关城的东西两翼相连，向北则沿着山脊延伸到谷底合围，合围处建有城门。西门为地利门，上方楼台名曰宁边楼；东门则为天险门，楼台为雁楼。“天险”中的“天”字异于寻常，上面为草字头，中间为田，下方为“戈”，相传这个字是武则天所创，取意“粮草充足动兵戈”才为“天时”。

10 多年前，这里还破败不堪，只有一座城楼在萧瑟的北风中坚守。现在，这里游人如织，一睹雁门雄风。景区内摆渡车、基础设施一应俱全。

进入新世纪　更多“守卫者”

离开长城，雁门便是一座孤关。随着军事作用的逐渐褪去，雁门关周边的长城也受到损毁。就在这雁门关脚下，有一群守护者会共享长城的信息。他们定期组织“巡长城”活动，举办“雁门杯”长城摄影比赛、长城论坛，用行动守卫着这不朽的文明。

雁门关所处的忻州市，是“长城大市”。据介绍，忻州境内长城加起来有1000多公里。这里面，有很多闪闪发光的历史标签，比如：岢岚县的宋长城，是全国唯一发现的宋代长城；宁武关是中国明长城段唯一的水关；宁武县东寨镇坝沟湾的赵长城，那是我国修筑最早的长城之一……

从小生长在长城脚下的杨峻峰，对长城有着特殊的情感。2003 年的正月初四，杨峻峰从雁门关出发，开始新一轮“巡长城”之旅。他乘火车去了神池县，一路考察了野猪口、南堡等长城旧关；随后又租了一辆车，赶到偏关县丫角山，考察内外长城交会点。在此过程中，他写下数十万字的文字资料，拍摄了数万张资料照片。2008 年，在首届中国长城论坛上，杨峻峰作了《晋西北长城保护调查》的专题发言，大量破坏长城的事实，让与会者深受震撼。

从研究到保护，“一个人战斗”力量还是有限。2009 年，杨峻峰组织的忻州市长城协会正式成立，到目前，已经发展为 300 多人的团体。

扫码观看

易水多慷慨　金台忆古今

马　晨

黄金台前，追慕昭王千金求才；易水河边，犹闻壮士慷慨悲歌。唐朝诗人李贺描绘了一幅波澜壮阔的历史画卷，那种慷慨赴死的精神，让人们有了共鸣，对贤君猛士的渴求，对国家深切的感情，都混杂在易水河的滚滚涛声之中。

易县位于河北省中部，太行山东麓，京津保三角地带之中。易县历史悠久，隋开皇元年置易州，开皇十六年置县，迄今已有1400多年。易县因易水而得名，易水河是易县人当之无愧的“母亲河”。

发源于古易州五回岭南麓，易水穿易县，过定兴，再与拒马河交汇，下白沟，达津沽，一路浩荡，奔流入海，素有“凌厉越万里，透迤过千城”的美誉。

公元前227年，荆轲和着高渐离奏出的筑声，在易水河边慷慨悲歌——“风萧萧兮易水寒，壮士一去兮不复还”！这一千古绝唱至今为后人感叹。在抗日战争时期，易水南岸的狼牙山，5位八路军战士在弹尽粮绝后英勇跳崖，诠释了中国共产党领导的抗日武装宁死不屈、血战到底的战斗精神。

易水河见证了一幕幕历史画卷，千百年来流淌不息，昭示着以“慷慨悲歌”为主要内容的燕文化的形成和发展，激励着一代代易县儿女为建设强大的祖国而义无反顾、奋发有为。

纵观燕国八百年春秋，燕昭王应该是最有作为的一代君王，“黄金台招贤纳士”之举被广为传颂。燕下都建成后，燕昭王“卑身厚币以招贤者”，从而出现了“士争凑燕”的局面。

燕下都遗址是燕文化标志性遗存之一，是战国时期燕国的都城，为我国目前保存比较完整、文化遗存非常丰富的一座大型都城遗址，是目前发现的战国都城中最大的一座。燕昭王招贤纳士、秦开北伐东胡、乐毅伐齐、荆轲刺秦等重大历史事件均发生在燕下都时期。根据考古发现，遗址东西长约 8 公里，南北宽约 4 至 6 公里，总面积约 40 平方公里。

现如今，当年恢宏的宫殿建筑群，已隐没于易县高陌乡田野和村庄间，只剩下一座座高大夯土台基。在武阳台村，能够看到当时最宏大的宫殿建筑“武阳台”的遗址。武阳台是燕王处理政务、行使权力的主要场所。现存夯土台基还高出地面约 11 米，东西长约 140 米，南北宽约 110 米。可以想见当年的宫殿该是何等高大宏伟。在踏访武阳台、张公台、老姆台这些高台宫殿遗址后，在

武阳台周边，还可以看到路家台、老爷庙台等多个宫殿建筑台基，这种高低错落、排列有序的高台建筑组群呈现战国时期特有的风格，一座座宏伟豪华的宫殿巍然矗立，应是十分雄伟壮观。

除了高大的夯土台基，历经 2000 多年自然侵蚀和人为破坏之后依然高出地面数米、长达 2000 多米的夯土城墙，成为另一个奇观。从燕子村往西，能够看到保存较好的一段，一眼望不到头的夯土古城墙，仿佛一条黄龙伸向远方。走近，可以看到裸露的黄土上还有当年夯土时固定两侧夹板留下的绳孔。

穿梭于历史和现实的时空，燕下都这一方风土之下孕育出来的尊贤、重义精神，已经融入燕赵儿女的血液，成为今人引以为豪的宝贵财富。今天的易水河畔，已成为一片“发展全域旅游　建设全景易州”的热土，易水文化早已融进这里的山魂水韵，成为这里的一张名片，以一种新的方式，融合着历史和未来。

送元二使安西

〔唐〕王维

渭城朝雨浥轻尘，
客舍青青柳色新。
劝君更尽一杯酒，
西出阳关无故人。

诗词小注

这是一首送朋友去西北边疆的诗。安西，是唐中央政府为统辖西域地区而设的安西都护府的简称，治所在龟兹城（今新疆库车）。这位姓元的友人是奉朝廷的使命前往安西的。唐代从长安往西去的，多在渭城送别。渭城即秦都咸阳故城，在长安西北，渭水北岸。

本诗之所以享有盛誉，与它曾被谱入乐曲家弦户唱有着密切的关系。中唐时期的诗人刘禹锡在《与歌者何戡》一诗中说：“旧人惟有何戡在，更与殷勤唱渭城。”又名《阳关曲》或《阳关三叠》。白居易《晚春欲携酒寻沈四著作》诗云：“最忆阳关唱，珍珠一串歌。”自注：“沈有讴者，善唱‘西出阳关无故人’词。”李商隐《赠歌妓》诗也有“断肠声里唱阳关”之句。由盛唐到中唐，根据这首诗所谱写的歌曲，在上层社会是最流行的送别曲。明代李东阳《麓堂诗话》曰：“作词不可以意徇辞，而须以辞达意；辞能达意，可歌咏则可以传。王摩诘‘阳关无故人’之句，盛唐以前所未道。此辞一出，一时传诵不足，至为三叠歌之；后之咏别者，千言万语，殆不能出其意之外。必如是，方可谓之达耳。”

诗意旅游

古时渭城，在今陕西咸阳。“秦地最胜，无如咸阳。”咸阳市位于中国大地原点，陕西关中平原腹地，渭水穿南，嵕山亘北，山水俱阳，故称咸阳。全市总面积10196平方公里，辖2市2区9县，总人口500万。

咸阳是与古罗马同时代的世界文明古城，建城史已有2360多年。商鞅在这里实施变法，秦始皇在这里统一六国，确立郡县制、统一度量衡、书同文、车同轨，咸阳是中华民族大一统文明的发源地，是中国第一帝都。咸阳曾是周、汉、唐等12个朝代的京畿重地和古丝绸之路第一驿站，境内有5313处文物旅游景点，其中绵延百里的27座大型帝王陵寝，沉睡着28位中国乃至世界历史上赫赫有名的帝王，蕴藏着解密中华历史文明的金钥匙。

身临其境

扫码观看

千年古渡离别愁

张丹华

古时的渭城，在今陕西咸阳。渭水之畔，冬日氤氲。河面宽阔，水流平静，

眺望西方，仿佛一首《阳关三叠》从千年前穿越而来，一唱三叹，离愁别绪在岸边弥漫。

古　渡

咸阳境内，渭河横贯东西，泾河由西北流向东南，水上交通极为便利，沿岸渡口星罗棋布，尤以渭河中的咸阳渡最为著名。渡口昼夜船艇密织、车马喧闹，往来行人络绎不绝，史称“秦中第一大渡”。

作为关中八景之一，几千年来，“咸阳古渡”口口流传至今。商周时期，舟楫已成为人们渡河往来的交通工具。秦时，随着都城咸阳急遽扩张至南岸，咸阳渡上跨河建桥，沟通南北。汉代，官方开始大办漕运，居住在渭河之南都城长安的皇亲国戚、王孙贵族们，纷纷往来于长安、渭城之间，过咸阳渡拜谒皇陵祭祖。

到了唐朝，随着丝绸之路恢复畅通，咸阳古渡成为西出长安的第一渡，是中原和西域各国通使、通商的咽喉。宋元以来，渭河上桥多有损毁，古渡作为南北交通的往来形式，更为活跃，繁忙不减隋唐。

世事更迭，物是人非。经济重心慢慢东移，渭河几经改道，到了明代，以前的古渡口早已消失。生活在咸阳的现代人，走遍咸阳也难寻千年古渡的痕迹。近几年，咸阳古渡遗址博物馆建成开放，才让人们对咸阳古渡有了更多了解。

便　桥

时光中已寻不见古渡，传颂中却仍有真情。友人元二远去安西（在今新疆），诗人王维送至桥头。劝君饮酒，为君担忧。一唱三叹，离愁别绪，欲说还休。

送别第一桥西渭桥就在咸阳古渡遗址附近，所以咸阳古渡也有“西渭桥渡”之称。汉代修建帝王陵是东西渭桥营建的直接原因，不过张骞凿空西域之后，这里已成为商旅士卒饯别去西域的驻留之地。

夕阳西下，站在遗址之上，历史的碎片在脑海中慢慢拼凑。唐太宗李世民登基刚 20 天，突厥颉利可汗带兵入侵到渭河北岸便桥桥头，派大将史思力去见李世民。李世民当下囚禁了史思力，然后出宣武门到渭河边，隔河谴责颉利可汗违约侵犯。颉利可汗见李世民轻装简从，又远远望见唐军旌甲蔽野，军容甚盛，心生畏惧，便请和退兵便桥结盟。这一幕发生在咸阳渭河桥上的唐朝“空城计”，为后人津津乐道。

时光荏苒，到了晚唐，战事连绵。杜甫笔下的西渭桥又是另一番景象。“车辚辚，马萧萧，行人弓箭各在腰。爷娘妻子走相送，尘埃不见咸阳桥。”此咸阳桥即为西渭桥。直至公元756年，安禄山叛乱，玄宗仓皇逃蜀，杨国忠怕叛军追击，放火烧桥，一炬成灰。

“经过此地无穷事，一望凄然感废兴。”今天，横跨咸阳市区的渭河上已经架起四座现代化的公路桥和四座铁路桥，历史已翻开新的篇章。

楼　台

咸阳古渡依城南河堤而置，渡口西起张飞庙，东到清渭楼。东西水路商客如云，店铺货栈鳞次栉比，这清渭楼就成了商旅、马帮、驼队歇脚问路的地方。

清渭楼不如黄鹤楼、岳阳楼、鹳雀楼有名，但有一首诗却人人耳熟能详。同样也是在秋天，晚唐诗人许浑，傍晚登上清渭楼，见太阳西沉，乌云滚来，即兴作诗：“一上高城万里愁，蒹葭杨柳似汀洲。溪云初起日沉阁，山雨欲来风满楼。”

其实，“清渭”二字，颇耐寻味。这两个字，唐宋诗人在写咸阳的诗词中运用的频率相当高。比如白居易曾诗云，“静读古人书，闲钓清渭滨”；杜甫“去马来牛不复辨，浊泾清渭何当分”；陆游“散关摩云俯贼垒，清渭如带陈军容”。

据粗略统计，在写咸阳的诗人中，唐代有 11 位、宋代有 9 位都提到渭河是清的，仅杜甫的诗中，就 7 次提到“清渭”，想必渭水在古代确实清澈宜人。至于变浊，应该是后来的事了。

清渭楼是古都咸阳兴衰发展的历史见证，始建于秦代，名曰“咸阳楼”，汉唐时期更名为“秦楼”“咸阳东楼”。北宋景祐年间，时任咸阳知县的诗人黄孝先重修咸阳楼，更名为“清渭楼”。

历经千年，清渭楼已破败不堪。为了保护好这座千年古迹，陕西省人民政府确定其为第五批陕西省文物保护单位，并重新修建。新楼建成后没有投入商业使用，而是按照国际一流标准建成美术馆，收藏历代书画精品万余件，目前已成为西部最大民办公益性美术博物馆。

白雪歌送武判官归京

〔唐〕岑参

北风卷地白草折，胡天八月即飞雪。
忽如一夜春风来，千树万树梨花开。
散入珠帘湿罗幕，狐裘不暖锦衾薄。
将军角弓不得控，都护铁衣冷难着。
瀚海阑干百丈冰，愁云惨淡万里凝。
中军置酒饮归客，胡琴琵琶与羌笛。
纷纷暮雪下辕门，风掣红旗冻不翻。
轮台东门送君去，去时雪满天山路。
山回路转不见君，雪上空留马行处。

诗词小注

此诗是一首咏雪送人之作。唐天宝十三年（公元754年），岑参再度出塞，充任安西北庭节度使封常清的判官。武某或即其前任。为送他归京，写下此诗。

这首送别诗从塞外冰天雪地的绮丽风光着笔，通过特殊的环境背景的描绘，衬托出离别之情，不落旧套，另创新境，使送别与咏雪融为一体。全诗用了四个“雪”字，却不嫌其重复，因为它层层递进，随着整个送别的行程，不断变换着白雪画面，化景为情，慷慨悲壮，浑然雄劲。全诗音情配合极佳，当得“有声画”的称誉。

诗意旅游

“轮台”维吾尔语“雕鹰”之意。唐代文人岑参的诗作中，明确标有“轮台”一词的至少有16首。

现在的轮台县地处新疆巴音郭楞蒙古自治州西部、天山南麓、塔里木盆地北缘，是古西域都护府所在地，314国道、南疆铁路、塔克拉玛干沙漠公路与县境相连。距库尔勒187公里，直线距乌鲁木齐360公里。轮台县旅游景点有：塔里木胡杨公园、三垄沙雅丹、草湖、拉依苏烽燧遗址等。

身临其境

千古风烟望轮台

胡仁巴

诗人为轮台赋千古绝唱，轮台为诗人留万世英名。

细品古人诗作，岑参的“轮台东门送君去”与陆游的“尚思为国戍轮台”中的“轮台”意指一处吗？如果不是，又各有何意？

这些疑问，不仅让人对那个年代的军人肃然起敬，更对诗中“轮台”这一地名深究起来。

据观察，目前轮台这一地名主要分布在新疆境内。在新疆巴音郭楞蒙古自治州有名为“轮台”的县。而在乌鲁木齐市南郊乌拉泊水库旁还有一个唐代轮台城，这正是岑参诗作中所指之处。历经400多年后，到了南宋时，陆游诗中的“轮台”，已被用来泛指边疆。

“红色靶场”乌拉泊

为了追寻岁月的记忆，记者驱车行驶十几公里，来到乌拉泊水库。远远眺望，在碧波荡漾、水鸟嬉戏的水库南岸发现被当地人称为“乌拉泊古城”的轮台城。

“乌拉泊”一词原为蒙古语“乌兰拜”的音译，意为“红色靶场”。乌拉泊的范围大致从燕尔窝南至芨芨槽子（距燕尔窝20多公里），历史上统称乌拉泊。轮台城位居其北侧。

1983年至1984年，考古人员对古城进行了一次发掘。出土陶器，还有金耳环、铜镜和铁刀等文物。经文物专家考古研究，该城建于公元640年，即唐贞观十四年，是丝绸之路北道的经济、军事重镇。距今已有1300多年历史，东西方文化曾在这里交融，可谓乌鲁木齐的第一城。

在唐代，内地通往西域的丝绸之路，有南道——从敦煌（沙州）经阳关，经于阗（和田），西逾葱岭；中道——西出玉门关，经西州、焉耆、龟兹、姑墨

中华人民共和国重点文物保护单位
ئۇلانباي قەدىمىي شەھىرى
乌拉泊古城
Ulanbay Ancient City
乌拉泊古城

到疏勒，过葱岭；北道——由玉门关经伊州沿天山北麓西行，经庭州、轮台、热海至碎叶。

历史上，唯有中道东段和北道构成的通道最为畅通，即伊州（今哈密）经吐鲁番盆地，过轮台城（现今乌拉泊古城），沿天山北麓通达碎叶城的道路。

唐代文人岑参的边塞诗就大多描写了丝绸之路中道、北道的奇异景色、民族风俗和官军生活，其中明确标有“轮台”一词的诗作至少有16首。

特别是岑参最有名的三首诗，即《走马川行奉送封大夫出师西征》《轮台歌奉送封大夫出师西征》和《白雪歌送武判官归京》，无一例外地均为“轮台诗作”，且被誉为“轮台三绝”。

“轮台东门送君去，去时雪满天山路。”当记者徒步轮台古城东门，回味诗人当年伫立雪野为挚友送行的情景时，这里正是乍暖还寒、北风卷地的季节，不禁让人思绪万千。

城中有城　气势磅礴

轮台古城平面呈长方形，南北长550米，东西宽450米，周长约2公里。城墙夯筑，残高2～6米，基厚10米。四隅建角楼。除西墙外均有马面，南墙马面保存较完好；北墙、东墙城门清晰可见。

岑参曾先后两次沿丝绸之路到达西域。第一次是到安西节度使高仙芝幕府中掌书记。第二次是给安西北庭节度使封常清当判官。当时，封常清大部分时间并不在北庭（今吉木萨尔）生活，而在轮台这个战略要地运筹帷幄。作为他的幕僚，岑参自然也在这里驻守和赋诗。由于有丰富的边塞生活体验，岑参的边塞诗作雄浑豪放，别具一格。

在现场，更让记者惊奇的是，这座古城内部还设立了瓮城。城内筑出三个小城，西城长方形，东城正方形，南城曲尺形。近25万平方米的巨大城址，墩台、马面布列有序的内外城墙，伫立于空旷之中的残垣断壁，构成了气势磅礴的古城景观。

置身古城高处，脚下是历经沧桑的古城夯土遗址，眼前是反差明显的戈壁和湿地，远处是水天一色的水库景色，美妙风光让人惊奇。

古城东侧，绿草如茵。数眼大小不等的甜泉，终年流淌着汩汩泉水，形成几处湿地和小湖。牧草茂盛，空气清新，令人心旷神怡。北侧则是乌拉泊水库。明镜似的水库以雄伟险峻的博格达雪峰（博格达，蒙古语意为“圣主”）为背景，在那宽阔而平静的蔚蓝色水面上，水鸟自由飞翔，野鸭尽情嬉戏。

在古城南侧和西侧，是大片荒地，野草丛生。置身其中，遥望天山雪峰，荒凉与怀古之情油然而生，也更会发现岑参为轮台赋千古绝唱后，轮台为岑参留下万世英名的真实意义。

小贴士

去往乌拉泊古城（唐轮台）

乌拉泊古城，位于乌鲁木齐市西南郊约 10 公里处的乌拉泊水库畔，如今这里已是水源保护地。为了环保出行，游客可在乌鲁木齐火车南站乘 312 路公交车，或在日月星光花园乘 528 路公交车，或在三屯碑乘 9 路车到水西沟收费站换乘 312 路、528 路公交车，在乌拉泊村车站下车，再向南徒步 5 公里进入古城核心区，可当天往返。

去往奎玉克协海尔（汉轮台）

建议从乌鲁木齐坐火车（夕发朝至）或者汽车（夕发朝至）抵达轮台县，之后在当地雇车前往，可当天往返。

绝句

〔唐〕杜甫

两个黄鹂鸣翠柳，
一行白鹭上青天。
窗含西岭千秋雪，
门泊东吴万里船。

诗词小注

公元762年，成都尹严武入朝，蜀中发生动乱，杜甫一度避往梓州，翌年“安史之乱”平定，再过一年，严武还镇成都。杜甫得知这位故人的消息，也跟着回到成都草堂。这时他的心情特别好，面对这生气勃勃的景象，情不自禁，写下一组即景小诗。兴到笔随，事先既未拟题，诗成后也不打算拟题，干脆以“绝句”为题。

全诗看起来是一句一景，是四幅独立的图景。而一以贯之，使其构成一个统一意境的，正是诗人的内在情感。一开始表现出草堂的春色，诗人的情绪是陶然的，而随着视线的游移、景物的转化，江船的出现，便触动了他的乡情。四句景语就完整表现了诗人这种复杂细致的内心思想活动。

成都，简称“蓉”，别称蓉城、锦城，是四川省省会、副省级市、特大城市、成渝地区双城经济圈核心城市，国务院批复确定的中国西部地区重要的中心城市，国家重要的高新技术产业基地、商贸物流中心和综合交通枢纽。

成都是全国十大古都和首批国家历史文化名城，古蜀文明发祥地。境内金沙遗址有3000年历史，周太王以“一年成聚，二年成邑，三年成都”，故名成都；蜀汉、成汉、前蜀、后蜀等政权先后在此建都；一直是各朝代的州郡治所；汉为全国五大都会之一；唐为中国最发达的工商业城市之一，史称“扬一益二”；北宋是汴京外第二大都会，发明了世界上第一种纸币交子。拥有都江堰、武侯祠、杜甫草堂等名胜古迹，是中国最佳旅游城市之一。

身临其境

林盘古韵伴雪山

张　文

春末夏初，好天气频频露脸。推窗见雪山，对于居住在千万人口级别大都市中的成都人来说是怎样一种浪漫？

“窗含西岭千秋雪”，杜甫所言非虚。成都每年这个时节，都是远处雪山破开雨雾供人一睹芳容的好时机。特别在雨后乍晴时，拿着相机“追景”的人们便会等候在成都市郫都区的摄影点位，满心期待拍出雪山大气磅礴的气势。

在郫都区，远望可见的“千秋雪”使城市和雪山“同框”。西汉辞赋家扬雄的《蜀都赋》中有一句：“湔山岩岩，观上岑嵓。”扬雄所居，正是在郫都区境内，湔山，便是玉垒山的古时别称。对应到当下，玉垒山附近有几处海拔较高的山，主要为九顶山、九峰山和光光山一带，这些山峰均常年积雪，银色皑皑。

“门泊东吴万里船”的气韵则要走进被水浸润和包裹的三道堰镇寻得。这是一座具有1000多年历史的川西古老小镇，历史上是有名的水陆码头和商贸之地，也是成都闻名遐迩的古蜀水乡。漫步小镇，徐堰河、柏条河绕此穿行而过。粉墙黛瓦，田歌袅袅，古迹遗存星罗棋布，让人惊叹于这片土地独特而厚重的人文积淀。

小桥绿水，灰瓦白墙，错落有致的屋顶、挑梁，生长茂密的各式水生植物……走进三道堰镇青杠树村，良好的生态本底和得天独厚的自然条件，让这处在川西林盘旧址上新建的村落，呈现出一种徽派建筑与川西民居相辅相成的水韵田园风格。

民居散落，绿树环绕，田宅不远。大大小小的林盘散落在郫都区这片岷江冲积平原上，这是川西特有的散居形式。一个林盘往往以数个农村院落为圆心，形成直径50至200米的圆。圆圈内层是环绕院落的高大树木，外层则是耕田。川西林盘发源于古蜀文明时期，至今已有数千年历史。

距三道堰镇2公里多的郫都古城，又名“马镇”，因三国时代蜀汉大将魏延曾在此屯兵养马而得名。古城的武术源远流长，早在三国蜀汉时代就已开展，到民国时期形成“六月六”擂台赛，远近的武林高手汇聚古城，切磋武艺，因而在川西坝子上有“小少林”之称。

延伸阅读

送杜少府之任蜀州

〔唐〕王　勃

城阙辅三秦，风烟望五津。
与君离别意，同是宦游人。
海内存知己，天涯若比邻。
无为在歧路，儿女共沾巾。

特色小品

川菜菜式多样，口味清鲜醇浓并重，以善用麻辣著称，并以其特别的烹调方法和浓郁的地方风味享誉中外，是中国四大菜系之一。

联合国教科文组织授予成都“世界美食之都”称号，成都出产的郫县豆瓣被誉为“川菜之魂”，是川菜中必不可少的组成部分。

古今之际
且听且吟

寻古篇

水调歌头·明月几时有

〔宋〕苏轼

丙辰中秋，欢饮达旦，大醉，作此篇，兼怀子由。

明月几时有？把酒问青天。不知天上宫阙，今夕是何年。我欲乘风归去，又恐琼楼玉宇，高处不胜寒。起舞弄清影，何似在人间。

转朱阁，低绮户，照无眠。不应有恨，何事长向别时圆？人有悲欢离合，月有阴晴圆缺，此事古难全。但愿人长久，千里共婵娟。

诗词小注

本篇长调词，作于宋神宗熙宁九年（公元 1076 年），即丙辰年的中秋。当时作者正任密州（今山东诸城）知州，中秋赏月，对景生情，于城上超然台醉后复醒之作。古人评论："此词前半自是天仙化人之笔"（清程洪、先著《词洁》）。

此词自然和人生，幻想和现实，庙堂和江湖，出世和入世，疑问团团，矛盾重重，而终于豁然开朗，自我解答。格调上，它"一洗绮罗香泽之态，摆脱绸缪宛转之度；使人登高望远，举首高歌"（宋胡寅《酒边词序》），是历来公认的中秋词中的绝唱。在表现上，本词前半纵写，后半横叙。前半高屋建瓴，后半峰回路转。

前半是对古老神话传说、故事笔记的推陈出新，也是对魏晋六朝游仙诗的递嬗发展。后半白描素写，人月双济。它名为演绎物理，实则禅释人生。笔势错综回环，摇曳有力。布局上，本词上片凌空而起，入虚处似；下片波澜层叠，返虚转实。最后虚实相萦，纡徐作结。豪宕中自有谨饬之致。

诗意旅游

诸城为山东省的一座县级市，又称龙城。诸城市位于山东半岛东南部，泰沂山脉与胶潍平原交界处，东与胶州、胶南毗连，南与五莲接壤，西与莒县、沂水为邻，北与安丘、高密交界。

苏轼曾于此地任密州知州，所修葺的超然台经重修后重新开放。登高望远，可感东坡之心胸气概。

身临其境

扫码观看

超然台上觅古今

潘俊强

戊戌中秋日近，正是秋游好时节。宋代文豪苏轼所作《水调歌头·明月几时有》是中秋词中“翘楚”，向来脍炙人口，令人拍案叫绝。宋代文学家胡仔在《苕溪渔隐丛话》中说：“中秋词自东坡《水调歌头》一出，余词尽废。”

这首千古名篇，是苏轼于密州知州（今山东诸城）任时，在修葺好的超然台上所作。超然台，立于诸城市中心，游客免费参观，没有嘈杂喧嚣，秩序井然。超然台自苏轼修建至 1948 年被毁，目睹了朝代的兴衰更替，阅尽了世间繁华，亦经历了兵荒马乱，历时近 900 年。如今矗立在城中央的超然台，于 2009 年重建完成后正式对外开放。

站于超然台前，肃然起敬。亭台水榭，绿树花草，辉映成趣。从超然台东侧拾级而上，极目远眺，一览城貌。当年苏轼作《超然台记》，所写的景象令人向往，南望马耳、常山，若近若远；北俯潍水，慨然太息……如今，城市高楼平地起，苏轼所见之景已成过往。不过，当年超然台为密州城最高地，遥想东坡居士修此台，会好友，饮琼浆，对诗斗词，好不快活。恍惚间，东坡居士似在身前。

回到现实，踱步参观。顶层平台古建筑群格调古朴，优雅厚重。灰色的古城墙、朱砂色的墙柱，令人仿佛穿回古代，身临其境。游览时，当地的诗词爱好者正要举办中秋诗词会，作以超然台上思东坡为意。当地人偏爱苏轼诗词，也许描写其故乡使然。著名诗人臧克家是山东诸城人，他曾回忆，舞勺之年，读古文诗词，以东坡作品最多；耄耋之年，仍可大段吟诵，愈读愈爱之深。

从顶层平台走进超然台内二层，所见物件画作皆诉说着其前世今生。超然台原系北魏时所建，初为城墙土台，北宋熙宁八年（公元 1075 年），苏轼知密州时修葺并建栋宇，作为登高远望、饮酒赋诗之所。复建时，苏轼请其弟苏辙为台命名。彼时，苏辙正任职于齐州（今山东济南），深知兄长仕途不顺、亲情远割，引老子“虽有荣观，燕处超然”文意，赋名“超然台”，以示无往不乐、

超脱凡世。苏轼深爱此台，题写“超然台”三字，并作《超然台记》，以志其事。政务之余，苏轼常与僚属友人在此远眺酬唱，创作了《超然台记》《水调歌头·明月几时有》《望江南·超然台作》等名篇，超然台成为其在密州的重要精神家园和文化活动场所。超然台自修完那一刻起，便再与苏轼分不开。

二层展览厅一面墙上挂有一幅百米长卷图，以画说东坡。从眉山苏母教子，到居杭州时东坡写扇替人还债，再到密州抗击蝗灾……一幅幅画作绘就着苏轼的政治主张、思想情感。

苏轼在密州任职两年略余，一心为民，勤于政事，深受百姓拥护和爱戴。他修建的超然台、创作的名篇佳作，成为留给当地的瑰宝。苏轼离开密州，当地百姓为纪念他，于超然台上建苏公祠。据当地人说，嵌于正墙上的斗大三字“超然台”正是当年苏轼亲笔题字。“老夫聊发少年狂”“会挽雕弓如满月，西北望，射天狼”，还记得那首豪气冲天的《江城子·密州出猎》吗？当年，密州大旱，苏轼往常山祈雨有应，后去谢雨，归途中狩猎于常山脚下，归城即作此词。台内一层展出苏轼密州出猎大型场景。在这一层还陈列了超然台上历代累存的墨迹刻石，多为缅怀苏轼及其超然台的诗文。其中，一块刻有“禹功、传道、明叔、子瞻游”的石刻引人注目，此石刻为苏轼题名，看文意苏轼与三位好友“到此一游”，令人忍俊不禁，原来苏轼也担心后来人不知道他来过此地，刻字提醒一下。

延伸阅读

江城子·密州出猎

〔宋〕苏　轼

老夫聊发少年狂，左牵黄，右擎苍，锦帽貂裘，千骑卷平冈。
为报倾城随太守，亲射虎，看孙郎。
酒酣胸胆尚开张，鬓微霜，又何妨！持节云中，何日遣冯唐？
会挽雕弓如满月，西北望，射天狼。

顺道游

诸城恐龙国家地质公园：占地面积9.45平方公里，建成了诸城中国暴龙馆、恐龙涧化石长廊、龙立方等“一馆一廊一立方”旅游项目，可在此体验“恐龙之旅”。

清明

〔唐〕杜牧

清明时节雨纷纷，
路上行人欲断魂。
借问酒家何处有，
牧童遥指杏花村。

诗词小注

古典文学研究家周汝昌评价此诗，一个难字也没有，一个典故也不用，整篇是十分通俗的语言，写得自如至极，毫无经营造作之痕。音节十分和谐圆满，景象非常清新、生动，而又境界优美，兴味隐跃。诗由篇法讲也很自然，是顺序的写法。第一句交代情景、环境、气氛，是“起”；第二句是“承”，写出了

人物，显示了人物的凄迷纷乱的心境；第三句句式一“转”，然而也就提出了如何摆脱这种心境的办法；而这就直接逼出了第四句，成为整篇的精彩所在——“合”。在艺术上，这是由低而高，逐步上升，高潮顶点放在最后的手法。所谓高潮顶点，却又不是一览无余，索然兴尽，而是余韵邈然，耐人寻味。

诗意旅游

《清明》中“杏花村”的所指所在并不重要，但它已成为一种具有传统文化意味的意象和符号，引发着人们的共鸣与想象。

安徽杏花村

杏花村位于安徽省池州市，国家 4A 级旅游景区。

晚唐著名诗人杜牧在杏花村行春遇雨，写下了流传千古、妇孺皆知的《清明》诗，从此杏花村名扬天下。

清康熙年间，学者郎遂编撰了《杏花村志》十二卷，这是唯一入选《四库全

书》的村志，使杏花村名垂千古，杏花村因此也被后人誉为“天下第一村”。

如今的杏花村文化旅游区以史载杏花村旧址为基础，规划面积 55 平方公里，建设面积 35 平方公里。空间布局为“一路二水三区”。其中，“一路”为 318 国道旅游休闲产业发展带；“二水”为秋浦河原生态湿地休闲带、十里杏花溪田园游憩带；“三区”为民俗体验区、田园观光区、山水度假区。

山西杏花村

山西杏花村，位于吕梁市汾阳市市区东北部。地形上看，杏花村镇地处吕梁山脉东麓，太原盆地西缘，地势西北高、东南低。入选第一批中国特色小镇、第七批中国历史文化名镇等。

早在一千五百多年前的南北朝时代，这里的杏花村酒已闻名国内。而且，历代的杏花村都以酿酒、酒文化闻名。盛唐时，这里以“杏花村里酒如泉”“处处街头揭翠帘”成为酒文化的古都。著名文人、学者顾炎武、傅山、巴金、郭沫若等都赋诗赞誉。

杏花村镇古迹有太符观、杏花村汾酒作坊、护国灵岩寺、药师七佛多宝塔、

杏花村新石器遗址、烽火台、申明亭、镇河门等。杏花村遗址为省级重点文物保护单位，占地 15 万平方米；护国灵岩寺为吕梁市文物保护单位。2001 年 6 月 25 日，太符观被国务院公布为第五批全国重点文物保护单位。2006 年 5 月 25 日，杏花村汾酒作坊被国务院公布为第六批全国重点文物保护单位。

身临其境

安徽池州

水墨古韵梦江南

孙 振

淡墨浅韵，旖旎水乡，那小桥流水、烟雨朦胧的江南风光，从古至今，总能靠着它轻盈灵秀的气质，激荡起文人墨客的情怀。其中，晚唐诗人杜牧的一首《清明》，谁说不是勾勒了这温润如水的意境。

杜牧曾在池州做过两年多的刺史，其间他踏遍了这里的名山大川，留下了几十首诗歌,《清明》便是其中之一。如今，烟雨蒙蒙中，沿着杜牧所指的方向，早已不见当年的杏花酒肆，但在池州市秀门山外的村落，同样秀美：

穿境而过的秋浦河形成了秋浦河原生态湿地休闲观光带，展现出一幅“舟行碧波上，人在画中游”的诗画意境；白浦圩、西湘湖、谷潭湖、天生湖串联形成的十里杏花溪田园游憩带，让人有看不完的“绿树村边合，青山郭外斜”；还有那村落间的小桥流水，田埂旁的犁田打耙，以及水榭亭台边的谈笑风生，似乎再现了当年的繁华景象。

往古村走去，到处是美不胜收的田园风光，道不完的皖韵唐风。村口的一湾清泉，潺潺流淌，村子里飘落的杏花随着清泉一直流到不远处的平天湖里，展现出“杏花流泉”的烂漫春光。杏花村的大门“红墙照壁”，红墙后面的杏花树，已经百年沧桑了，守望着这里千古传承的“诗酒花”。

村内漫步，幽幽的青石板路延伸出文脉悠悠。来到九杏坛，相传清代学者郎遂编撰的《杏花村志》是《四库全书》里收录的唯一村志，后人为纪念这一

成就，在村口种下 9 棵杏树，并开坛讲学，教化村民。如今登上该坛，仍可寻味古时的吟咏唱和、曲水流觞，感受千百年来人们在这里的晴耕雨读。

移步易景，来到一片断垣残壁构成的村门，村门残破，却厚重沧桑。相传这里就是“问酒驿”，是古时官府官员休息、换马的驿站，杜牧当年春行至此，在这里路遇牧童而问酒家。

沿着小道走向杏花村深处，正在复建的明清古村落映入眼帘，村落中的老宅老房，有的是杏花村原有的，有的是从皖南其他地方迁移的。整个村落，粉墙黛瓦，小桥人家，如同诗歌里所描写的，“一去二三里，烟村四五家。亭台六七座，八九十枝花。”一边观景，一边谈笑，诗酒曲水中，相信不止杜牧，每个人都会沉醉于这片江南水乡的如诗如画。

再往前行，来到一片开阔的“焕园”，相传郎遂曾居住于此。还有景色雅致的“窥园”，为董仲舒的后人明代文人董子修所建。相传董仲舒专心为学，“三年不窥园”，即三年都没有到旁边的园子里看一下，而董子修偏要“窥园”，不

仅建了园子，每日还要到园子里咏诗作赋。两种求学态度，两种生活情趣，似都有可供学习之处。

游累了，还有专门供人休息的“憩园”。《杏花村志》记载，这里曾是“乡先达陈以运课子读书处”，现在已是游人饮茶、游玩、谈笑聚会的场所。或于小亭里纳凉，观花赏鱼；或于茶座旁歇脚，读书品茗；或于园子里踱步思考，茶香伴着花香，让人怡然自得。还有那满园春色遮不住的百杏园，如今，已是杏花盛开的时节，满园粉红的花朵竞相绽放，娇艳多姿、芳香四溢，引得许多游人驻足欣赏。

走了小半天，却被告知，村里的景致还远不止于此。据介绍，夏天，杏花村水路游览的起点“白浦荷风”，莲藕遍发，晶莹剔透，绿波连天；秋天，十里杏花大道上的枫林枫叶似火，绚丽夺目，景色如画；冬天，秋浦河对岸的梅林格外夺目，大雪天气，清雅芬芳的梅花覆盖一层皑皑白雪，便又有了“梅州晓雪”的天然景致。

走，到杏花村来，或泛舟湖上，或漫步田园，或品味诗酒花香，这里看得见山、亲得着水、品得到诗意，总会让每个来此的游客徜徉其间，流连忘返。

小贴士

交通：池州市区内乘坐 8 路、2 路、15 路均可到达杏花村文化旅游区北村口。

门票：旅游区不需要门票，乘坐景区内部观光电瓶车、小火车 40 元 / 人，景区自行车 10 元 / 座，观光游船 30 元 / 人（单程）。

山西汾阳

汾酒故里杏花红

乔　栋

还未到清明，好雨已然知时节。

在山西省汾阳市杏花村，这样的雨和时，似乎有着天然的关联。也正如千年前，杜牧吟唱出那句“清明时节雨纷纷”。如今，在这里，问路“杏花村怎么走？”当地人会指着汾酒集团的方向。在当地人的地理概念上，杏花村和汾酒已然有着密不可分的联系。

漫步在汾酒集团景观区，一大簇粉红色的杏花已经按捺不住，猝不及防地扑入视线。尽管周围游客往来不绝，然而这一片粉红，依然美得让人屏住呼吸。

出了汾酒集团景观区，一路往西，便走到了杏花村。随行的工作人员魏高

丽介绍:“杏花村现在已经是一个镇，下辖 18 个建制村。其中，和原本杏花村最重合的，就是现在我们身处的东堡村。”她说，历史上，李自成进北京路经杏花村，停留三日，留下“尽善尽美”的题匾，杏花村曾一度更名为“尽善村”。

名字可以因时而变，底蕴却历久弥新，越发厚重。这儿的底蕴，就是汾酒。盛唐时，这里就以“杏花村里酒如泉”“处处街头揭翠帘”成为酒文化的古都。走个三五分钟，就从观景区到了东堡村芦家街，这里有白酒作坊的“活化石”——杏花村汾酒老作坊遗址博物馆。

博物馆里是“前店后坊”格局，完整保存了酿造、储藏、销售的全部过程。博物馆内还有一个四合院，里面是掌柜、账房先生的起居场所。走进去发现，连卧室下都有几口亮眼的地缸。魏高丽说，1915 年，在美国旧金山举办的巴拿马万国博览会上，汾酒一举夺魁，销量猛增，一下接了许多外国订单。发酵缸不够用，就在作坊地下遍布发酵地缸。

“名酒产地必有佳泉”，老作坊里现在还保存有宋、元年间的两口古井。现在的“古井亭”，是博物馆墙壁外的一侧显著标识。井后雨水洗刷过的墙壁上，高悬着傅山所题的“得造花香”。

再往东，就出了村。驾车上了村边的国道，魏高丽旋即叫停了车。“你看这片黄土，这可不简单。”

下车眺望，底下一片“干净”的黄土地，和其他收割完谷麦的土地并无不

同。魏高丽指了指边上的碑："仰韶文化时期的杏花村先民就已掌握了谷物酿酒的技能，因此杏花村可以确认为中华原始酒文化的诞生地之一。"

杏花村遗址的发掘在考古界和酿酒界曾十分轰动。据说，在杏花村遗址中发现了仰韶文化时期造型独特的小口尖底瓶，被确认是人类最早的酒器之一。这意味着，早在6000年前的仰韶文化中期，这里的人就已发明了人工谷物酒。

来到杏花村人心灵的圣地——太符观。观门口，凝目三彩琉璃团龙，雨水洗刷让它愈发清晰艳丽。观内极静幽深，吸一口雨后的空气，心神骤凝，世间纷扰，且随他去罢。

小贴士

从太原乘车出发，走京昆—青银高速，约90公里即可到达杏花村高速口，出来直行一公里即可到达杏花村镇。汾酒集团观景区需收取门票50元，太符观门票为30元。

山居秋暝

〔唐〕王维

空山新雨后，天气晚来秋。
明月松间照，清泉石上流。
竹喧归浣女，莲动下渔舟。
随意春芳歇，王孙自可留。

诗词小注

这首诗是写山居秋天晚暮幽静景色的，充满了诗情画意。首联“新”“秋”二字是全诗的纲；颔联“明月”“清泉”勾勒出一幅富于美感的月下秋山图。在这幅空明澄澈的自然图景中，又点染了与之谐调的人物形象；而妙在并不从正面着笔，却从“竹喧”“莲动”中听出、看出。清代学者高步瀛评价，“随意挥写，得大自在”（《唐宋诗举要》）。

这首诗一个重要的艺术手法，是以自然美来表现诗人的人格美和一种理想中的社会之美。表面看来，这首诗只是用“赋”的方法模山范水，对景物作细致感人的刻画，实际上通篇都是比兴。诗人通过对山水的描绘寄慨言志，含蕴丰富，耐人寻味。

诗意旅游

辋川位于秦岭北麓的终南山下，属西安近郊蓝田县，因其青山逶迤、绿水沦涟而成为古都长安东南的风景名区。尤其唐时这里还有一泓逶迤近10里的深山谷地湖泊——欹湖。开元后期，诗人王维购得辋川宋之问别墅，把纵深20余里的辋川谷地，经营成以欹湖为中心，计有孟城坳、文杏馆、临湖亭、金屑泉、白石滩、竹里馆、鹿柴、漆园、椒园等20景区的著名别墅园林，过着亦官亦隐、啸傲山林的生活。期间创作的著名山水系列诗《辋川集》20首等诗歌，是王维后期山水诗的代表作，堪称中国山水田园诗的巅峰之作。

身临其境

扫码观看

辋川烟雨自空蒙

姜　峰

游辋川“不值”。

笔者慕名翻山越岭初到此地时的感叹，何解？

古今相照。《辋川集》二十咏，王维为这终南山间的一隅，最早刻印上了穿越历史的文化符号。然而岁月无情、时过境迁、盛景不再，一千余载弹指一挥间，孟城坳、华子冈、临湖亭、竹里馆，寄托着文人情怀、释家了悟、人生智慧的一个个美好意象，今又安在？

怀着如是惆怅与叹惋，笔者默默伫立于西安市蓝田县辋川镇鹿苑寺遗址前。这座建于唐代、毁于唐末兵燹的古寺，如今只余堆积厚约一米的瓦砾。可见的遗物，唯有一株相传为王维手植、树径 1.8 米、树冠高 20 米的银杏独存至今。

俯瞰银杏树东侧的山谷，曾是古时辋峪河的河道，如今因河水改道只留下干涸的河床。王维与朋友裴迪“浮舟往来、弹琴赋诗、啸咏终日、互为唱和”的画面，恰如盛唐时期的风华般只能任凭后人在脑海中想象。

“空山不见人，但闻人语响。”静谧的秦岭山间清风阵阵，拍打着银杏树叶，如歌如诉，带着笔者不由得又回到曾经的历史记忆之中。

王维，史家称他 9 岁知文。他 19 岁赴京兆府试，举解头。曾任右拾遗，累迁监察御史、吏部郎中等职。中书令张九龄对王维很赏识，一再提拔他。但此后由于张九龄罢相，他大约在 40 岁以后开始过着一种亦官亦隐的生活。安史之乱后，王维为安禄山所获，强迫他任伪职。肃宗回京后，他一度被贬官，最后升迁至尚书右丞，卒于官。这前后 20 年的时间，他始终半官半隐于终南别业。

读史至此，“辋川”在中国文人精神世界中的符号意义方才凸显出来，古树前伫立静听风吟的笔者也才渐悟此行的价值。

“别业”者，正屋之外，建于他处的另一所宅第园林，或曰是王维在漫漫人生起伏不能由己的现实下，另寻心灵安放的一处所在。那时的辋川什么样？是

"飞鸟去不穷，连山复秋色"，还是"深林人不知，明月来相照"？其实，辋川并非地处秦岭深山，在地理上距离古都长安也只有数十里之遥，就在这儒家与释家、入世与超脱的一线之间，王维开辟出禅意山水诗画的一类新境。

"寺前的一株古老的文杏，是标识，是见证。文杏活着，也许还可耐过若干岁月。过客仰望着，眺望着，遥望着，也是一种相望。文杏被望成了王维，望成了唐诗，望成了古今之际的一缕和音。"多年以后，作家和谷这样写道。

诚哉斯言！

延伸阅读

山 中

〔唐〕王 维

荆溪白石出，天寒红叶稀。
山路元无雨，空翠湿人衣。

乐游原

〔唐〕李商隐

向晚意不适，驱车登古原。

夕阳无限好，只是近黄昏。

诗词小注

自古诗人词客，善感多思，每当登高望远，送目临风，更易引动无穷的思绪：家国之悲，身世之感，古今之情，人天之思，往往错综交织，所怅万千。此次诗人驱车登古原，却不是为了去寻求感慨，而是为了排遣“向晚意不适”的情怀。知此前提，则可知“夕阳”两句是诗人出游而得到的满足，至少是一种慰藉——这与历来的纵目感怀之作有所不同。

诗作前两句点出登原游览的原因，后两句赞叹晚景之美，意蕴丰富，具有极高的美学价值和思想价值。全诗语言明白如话，毫无雕饰，节奏明快，感喟深沉，富于哲理。

诗意旅游

乐游原创建于汉宣帝时，本是一处庙苑，应称之为“乐游苑”，但因其地势轩敞，人们遂以“原”呼之。此苑地处长安东南方，一登古原，全城在览。

乐游原的南面有大雁塔、曲江池，原上有青龙寺遗址、唐升平阁，遗址内还建有空海纪念碑、纪念堂，种植着多株名贵樱花，是人们春游踏青的好去处。

身临其境

乐游原上访伽蓝

姜　峰

长安处处有典故。

秋去冬来，循着“驱车登古原”的指引，记者来到西安市东南郊青龙路与雁翔路交口，但见沿途地势渐高，这里便是乐游原。

实测发现，此地海拔530米，较西安城区平均水平高出约100米。对照唐长安城平面图可见，这一天然高地位于唐长安城内东南角的新昌坊，西北方紧邻东市，西南向可俯瞰大雁塔，正南处则为曲江池，便于登高览胜。

故而，史载乐游原为唐代京城人们游玩远眺的场所，此言不虚；同时亦有唐代诗人流传至今的众多诗歌为佐证，其中又以李商隐的《乐游原》最为脍炙人口，此诗明白如话，而又意蕴深远。

今天的乐游原，现存最重要的历史文化遗迹便是青龙寺。

青龙寺，始建于隋代开皇二年（公元582年），原名“灵感寺”。唐代景云二年（公元711年）改名青龙寺。北宋元祐元年（公元1086年）以后，寺院渐废，地面建筑无存。记者了解到，1963年，中国社会科学院考古研究所西安唐城考古队对青龙寺遗址进行了调查。1973年至1980年，又先后探得并发掘了北门遗址、东院遗址、塔院遗址、墙址等八处遗址。2008年，西安市政府依托乐游原独特的自然地理风貌和人文背景，建设了集遗址保护展示、历史文化传承和园林鉴赏、娱乐休闲等功能为一体的青龙寺遗址景区。

走进青龙寺遗址景区，首先映入眼帘的是北门遗址。该遗址位于青龙寺遗

址正北，处于乐游原顶部地势最高处。出土的鎏金铜泡钉制作精美，反映出当时寺门建筑的华丽壮观。

北门遗址往西，耸立着一座仿唐建筑古原楼，系如今乐游原规模最大的建筑，楼内陈列着从青龙寺遗址发掘出的展品。古原楼南，为塔院遗址，系青龙寺遗址中现存比较完整的一座伽蓝院落遗址，南北长 132 米，东西宽约 98 米，占地 12936 平方米，由中山门、佛塔、殿堂及两侧配房、回廊等五部分遗址组成。

青龙寺的历史意义十分特殊，作为唐代佛教密宗的道场之一，它还是中日两国文化交流的见证。历史记载，从唐太宗贞观四年（公元 630 年）到唐昭宗乾宁元年（公元 894 年），日本国派出遣唐使节达 19 次之多，许多僧侣也随使入唐求法，如日本佛教史上著名的“入唐八家”，其中就有六人先后入青龙寺拜师学法，包括日本真言宗祖师空海。

登临古原，俯仰千载，“夕阳无限好，只是近黄昏”所寄托的诗人个体际遇与情怀早已随风而逝，留下的是极具美学价值和思想价值的哲理语言。作别周秦汉唐风华的余晖，新的千年，古老的关中大地、悠久的中华文明正在迈步从头越。

顺道游

乐游原西南方不远处，是今天西安的城市地标大雁塔。而古原正南的曲江池，近年来也建设为面向游客免费开放的曲江池遗址公园，“青林重复、绿水弥漫”，古风古韵间已经成为西安市民休闲健身的首选，夜景尤佳。西北城市以水为贵，开放式的曲江池遗址公园面积颇大，环境优雅，既有历史典故，又符合现代城市公园建设理念，可谓游客认识西安的另一扇窗口。

春晓

〔唐〕孟浩然

春眠不觉晓，处处闻啼鸟。
夜来风雨声，花落知多少。

诗词小注

这是一首著名的抒情小诗，写的虽是暮春之景，也有惜花之意，但情调却清新活泼，绝无颓废感伤气息，展现在我们面前的是一幅充满着生活乐趣的画面。

“花落知多少？”风雨过后，固然又是一个百鸟争鸣的春天，但对于在风雨中飘零的春花和这又匆匆逝去的春光，怎能不是伤感的呢？表面看来，这似乎是矛盾的，其实是在对比中加强对春天的赞美。因此，这首诗就不那么一览无余，而是有着耐人咀嚼的滋味；也不那么低沉哀婉，而是有着令人愉悦的健朗情绪，在艺术上达到了浅而实深的清新隽永的效果。

诗意旅游

鹿门山景区位于湖北省襄阳市东南 15 公里，居汉水东岸，属大洪山余脉，西隔汉水与襄阳古城相望，景区面积 40 平方公里，核心景区内鹿门山、香炉山、霸王山、狮子山、李家大山五峰环绕，峰峦叠翠，其中鹿门山海拔 349.5 米，相对高差 257.5 米。

鹿门山现为中国历史文化名山、国家森林公园、国家 3A 级景区、湖北省风景名胜区。

一代名相诸葛亮曾在此拜师求学；汉代高士庞德公，唐代大诗人孟浩然、皮日休皆隐居于此；脍炙人口、千古佳作的唐诗《春晓》就是出自孟浩然写在鹿门山的名篇。

李白、杜甫、白居易、王维、米芾、曾巩等历史文化名人曾在此驻足、流连。唐宋八大家之一的宋代进士曾巩曾发出“不踏苏岭石，虚作襄阳行”的慨叹。

景区境内绿海婆娑、烟树葱茏，呈现“春花、夏荫、秋实、冬绿”的壮丽森林景观，峰回路转、山奇石怪，沟壑纵横、山泉潺潺，构成一幅完美的自然山水画，受到世人青睐。

身临其境

处处闻啼鸟　鹿门已春晓

田豆豆

唐代诗人孟浩然的《春晓》，可谓是家喻户晓，深入人心。但可能很少有人知道，这首诗作于湖北襄阳的鹿门山，当时，诗人是一位山中隐士。难怪，也只有身处“慢生活”中的隐者，才有那样闲适的心境，去对大自然“侧耳倾听”。

走进鹿门山，仿佛隔绝了尘世的喧嚣，满目只见苍翠欲滴，两耳只闻鸟鸣不绝。在这“环绕立体声”的大自然音响中，脚步不觉放慢了许多，每隔一段

路程，都可邂逅一段典故、一处风景，让你驻足片刻，小憩一番。

比如一片竹林，名为竹林禅境，暗含孟浩然的诗句“荷风送香气，竹露滴清响”。

一个小亭子，名为“诗星阁”，源自卢延让的《吊孟浩然》“高据襄阳播盛名，问人人道是诗星”。

一处鹿门寺，便是此山得名的古寺。

而孟浩然当年究竟隐居何处？到“浩然书院”可一探究竟。

“山寺钟鸣昼已昏……余亦乘舟归鹿门。”唐景龙二年（公元 708 年），20 岁的孟浩然离开襄阳城南的涧南园，隐居鹿门山发愤苦读。

浩然诗院为后人在故居旧址上复建而成，坐西面东，四进院落。院中种有诗人敬仰效法的松竹梅，松下有一石雕，孟公手握长卷，醉卧山林，畅怀淡然，栩栩如生，名为“白首卧松云”。

“浩然书院”旁便是“孟园”，对着大门的影壁上，便刻有襄阳知名书法家所写的《春晓》，字字鎏金，醒目洒脱。屋内墙壁上，写着诗人孟浩然的生平事迹，趣味典故。

浣溪沙·游蕲水清泉寺

〔宋〕苏轼

游蕲水清泉寺，寺临兰溪，溪水西流。

山下兰芽短浸溪，松间沙路净无泥，萧萧暮雨子规啼。

谁道人生无再少？门前流水尚能西！休将白发唱黄鸡。

诗词小注

这首词是苏轼贬居黄州时期，于宋元丰五年（公元1082年）三月游蕲水清泉寺时所作。苏轼在《游沙湖》中写道："黄州东南三十里为沙湖，亦曰螺师店，予买田其间，因往相田，得疾。闻麻桥人庞安常善医而聋，遂往求疗。……疾愈，与之同游清泉寺。寺在蕲水郭门外二里许。有王逸少洗笔泉，水极甘，下临兰溪，溪水西流。余作歌云……"这里所指的歌，即这首《浣溪沙》。

人们惯用"白发""黄鸡"比喻世事匆促，光景催年，发出衰飒的悲吟。此处作者反其意而用之，希望人们不要徒发自伤衰老之叹。在贬谪生活中，能一反感伤迟暮的低沉之调，唱出如此催人自强的爽健歌曲，这体现出苏轼执着生活、旷达乐观的性格。

诗意旅游

清泉寺位于湖北省浠水县闻一多纪念馆内，寺东有泉水，出自石壁间，原有二泉，一名甘露，一名玉液，甘美清香，因名清泉寺。自唐至清，千百年来，清泉寺以它鼎盛的香火，召来四海游僧驻锡，八方善男信女虔诚朝拜；寺庙坐北朝南，背山傍水，山清水秀，山寺一体，寺借山增色，山凭寺扬名，灵秀的自然山水和迤逦的田园风光吸引着文人墨客呼朋偕友，风邀云集，留下了许多语工意新的名篇佳作。据传，晋代书圣王羲之曾在此临池学书，唐代茶圣陆羽在此汲泉品茗。

湖北浠水县清泉镇

古寺今何在 流水尚能西

田豆豆

昔日蕲水，今谓浠水；昔日兰溪，今谓浠水河。而千年前苏轼探访的清泉寺，早已不复存在，但其所在地仍沿用旧名“清泉镇”。

1984 年，湖北省黄冈市浠水县政府在古清泉寺旧址上修建了闻一多纪念馆，以纪念这位出生于浠水的爱国志士。不过，只要细心寻觅，在纪念馆的前门、后院，依然可见清泉寺的旧迹。馆前广场上，矗立着闻一多铜像，若走近铜像瞻仰，可要小心脚下。一块不及瓷砖大小的长方形井盖下，隐藏着清泉镇与清泉寺赖以得名的清泉井。井盖上刻有“清泉井”三字，并标注了其悠长的“年龄”。若蹲下身来，从井盖上的洞口向里凝望，可见深不可测的井水和井壁厚厚的青苔。据史料记载，唐朝贞元六年，佛教徒们选中此地建寺而掘井，见井水清澈而甘甜，取名“清泉井”。清泉井前方不远，有一处水池，名为“羲之墨沼”，相传为王羲之洗笔池。全国各地，王羲之“洗笔池”并不鲜见，书圣王羲之到底是否到过浠水已难考证，倒是苏轼自述《浣溪沙》写作背景的一段话，成为此处“羲之墨沼”的典故来源。苏轼写道：“寺在蕲水郭门外二里许。有王逸少洗笔泉，水极甘。”

宋代以来，清泉寺屡毁屡建，如今在纪念馆的后院中，只保留着一块白色大理石匾额，成为“清泉寺”最后的遗迹。县志记载，元末至正十一年，农民

起义领袖徐寿辉率“红巾军”起义反元，驻兵蕲水。明洪武年间，清泉寺在原址复建，至清代遭火灾又受损毁，同治年间复建，但未恢复旧观。再后来，清泉寺做过学堂、仓库，最终坍塌。

沧海桑田，就连寺外风物，也早非昔时模样，唯有河水西流，一如往昔。

当年苏轼因“乌台诗案”被贬黄州，任黄州团练副使。虽有官衔，但仍是戴罪之身，薪水很少，就连维持日常生活都很困难。不得已，苏轼一家必须亲身耕种，才能勉强温饱。元丰五年春，苏轼到离黄州东南30里地的沙湖再买些田种，没想到看田回来后，便患上了左臂肿痛的病，一直难以治愈。幸亏蕲水县尉潘鲠向他推荐了蕲水名医庞安常，经庞安常治疗后，苏轼的症状大有好转，心情也大好，便与庞安常结伴同游清泉寺。

苏轼看到清泉寺外，兰溪之水可以西流的奇景，触景生情，写出了“谁道人生无再少？门前流水尚能西！休将白发唱黄鸡”的千古名句。中国的地势特征是西高东低，所以“一江春水向东流”才是常态；而兰溪也就是浠水河流经此处时，发生了几次大转弯，因此在部分河段出现了“河水西流”的现象，今人看来并不神奇，但在诗人眼中，便触发了独特的人生感悟。在最失意时，却充满希望之光；在最坎坷时，却旷达超脱、随遇而安。难怪人们说，被贬黄州，是苏轼思想、文风的重要转折点。著名的《定风波》也是写于此时，从沙湖看田归来遇雨，旁人没带伞都觉得狼狈，只有苏轼漫步徐行，且吟且啸，快活自在：“竹杖芒鞋轻胜马，谁怕？一蓑烟雨任平生”，“回首向来萧瑟处，归去，也无风雨也无晴”。

随着时间的流逝，一些古建筑也许早已消失不见，而诗人的精神，却历千年而不朽。

聞一多
楚图南

后 记

每一片风景，都是一种心境。大自然生动的山川草木、云烟光色，花开花落、鱼跃鸢飞，都是诗人表达情思的媒介。“以追光蹑景之笔，写通天尽人之怀，是诗家正法眼藏。”中国幅员广大，景物各呈异彩，大至雄伟壮丽之奇峰大川，小至幽谷林泉之一隅，无不奔凑诗人胸壑，形诸山水咏唱。这些作品，对于陶冶人们的性情、丰富人们的审美修养，无疑是一宗宝贵的精神财富。

媒体作为传递主流价值的“信使”，担负着承载文化、引领价值、成风化人的使命。我们希望找到符合当代审美、以年轻人喜闻乐见的方式推动“古”与“今”的对话，更好地传承中华优秀传统文化。2015年起，《人民日报》假日生活版所开设的“跟着唐诗宋词去旅游”栏目就是一次积极的尝试。栏目所刊登的稿件以诗词景物、意境为线索，将古典诗词赏析、文化背景普及与山水游记写作、个人情感抒发等有机结合，呈现一种“沉浸式诗词赏析”的效果，成为《人民日报》上一道独特而亮丽的风景，唤起万千读者的情感共鸣。

从穷目千里的鹳雀楼，到烟波浩渺的洞庭湖；从淮水流转的乌衣巷，到旧骨铮铮的雁门关——7年来，这个栏目的足迹踏遍祖国的天南海北。它在经典诗词与读者之间架起桥梁，在历史和今天之间建立纽带，在先辈与当代青年之间寻找更多连接点，为让更多年轻人爱上中华优秀传统文化，踏踏实实地努力着。

作为集萃与延展，与栏目同名的《跟着唐诗宋词去旅游》这本书，选取30篇文章，分为“山岳篇”“登楼篇”“临水篇”“胜迹篇”“寻古篇”等五个部分，并充实诗词赏析与地名介绍等内容，力求引领读者多角度感受古典诗词的精华与魅力。相信这本书，将循着中华优秀传统文化的脉络，为您的旅程增添一份慰藉、一份情趣、一份精神给养。

本书由人民日报社总编室假日生活版主编孟扬主持编写，曹怡晴、唐中科撰写解读文字，林琳、肖遥负责文字审校。成书过程中，我们得到了很多热心帮助。

在此，感谢人民日报社领导对栏目编辑团队给予的大力支持；

感谢总编室刘磊主任等领导对“跟着唐诗宋词去旅游”栏目及本书一贯以来的关心与支持；

感谢梁衡、梁晓声、骆玉明、于树泉诸先生在本书成书过程中的鼓励与指正；

感谢人民日报出版社曹腾女士及其团队的精心编排；

此外，吴燕、方莹馨、王子潇、申智林、张佳莹等同事也曾先后参与过“跟着唐诗宋词去旅游”栏目的编辑工作，在此一并表示感谢。

在本书的编写过程中，我们秉持展示优秀传统文化力量的初衷和精益求精的态度，推敲打磨，倾注了心血。但由于水平有限，疏漏之处在所难免，敬请批评指正。

——编者

主要参考文献：

《全唐诗》，上海古籍出版社，1986 年版。

《唐诗别裁》，沈德潜选注，商务印书馆，1958 年版。

《唐诗鉴赏辞典》，萧涤非等撰，上海辞书出版社，1983 年版。

《唐诗选》，马茂元选注，上海古籍出版社，2017 年版。

《全宋词》，唐圭璋编，中华书局，1965 年版。

《宋词鉴赏辞典》，夏承焘等撰，上海辞书出版社，2003 年版。

照片索引

第 42—43 页
西塞山风光。石勇摄

独坐敬亭山
第 44 页
彩霞中的敬亭山。许在宣摄
第 45 页
敬亭山日出。郑文晖摄
第 46 页
诗意敬亭。张方琪摄
第 47 页
韩愈文化园风光。吕鑫摄
第 48—49 页
天际阁。郑文晖摄
第 50—51 页
敬亭湖。张方琪摄

望庐山瀑布
第 53 页
庐山瀑布。韩俊烜摄
第 54 页
观瀑亭云海。韩俊烜摄
第 55 页
烟雨庐山。张玉摄
第 56 页
秀峰瀑布。韩俊烜摄
第 57 页
庐山三叠冰瀑。李军摄
第 58 页
瀑布风光。李敏摄
第 59 页
庐山芦林湖秋色。韩俊烜摄
第 60 页
庐山如琴湖。韩俊烜摄

登楼篇
第 62—63 页
鹳雀楼。李向东摄

登鹳雀楼
第 65 页
鹳雀楼。李向东摄
第 66—67 页
鹳雀楼。李向东摄
第 68 页
名楼夜景。陈春明摄
第 69 页
鹳雀楼。李向东摄
第 71 页
蒲津渡唐开元铁牛。李向东摄
第 72—73 页
普救寺风光。李向东摄

芙蓉楼送辛渐
第 75 页
芙蓉楼。高学摄
第 76—77 页
荷映芙蓉。季少雄摄

菩萨蛮·书江西造口壁
第 78 页
郁孤台历史照片。龙年海摄
第 79 页
郁孤台。胡江涛摄
第 80—81 页
俯瞰郁孤台。胡江涛摄
第 82 页
郁孤台雪韵。曾正东供图

黄鹤楼
第 83 页
黄鹤楼夜景。谢文山摄
第 84—85 页
冬日的黄鹤楼。王勇摄
第 86—87 页
黄鹤楼。王勇摄
第 89 页
黄鹤楼。靳进摄

登岳阳楼
第 90 页
岳阳楼。资料照片
第 91 页
岳阳楼。资料照片
第 92 页
岳阳楼。资料照片
第 93 页
岳阳楼。张京明摄
第 94—95 页
岳阳楼。资料照片
第 96—97 页
岳阳楼全景。冯海妹摄

秋登宣城谢朓北楼
第 99 页
谢朓楼。宣城市摄影家协会供图
第 100 页
谢朓楼冬景。宣城市摄影家协会供图
第 101 页
谢朓楼。宣城市摄影家协会供图
第 102 页
谢朓楼前，人们在表演舞剑。宣城市摄影家协会供图

临水篇
第 104—105 页
桃花潭。吴俊摄

赠汪伦
第 106—107 页
桃花潭全景。尹建生摄
第 108—109 页
桃花潭晨雾。徐海燕摄
第 110 页
桃花潭“踏歌岸阁”。尹建生摄
第 111 页
桃花潭文化艺术中心。尹建生摄
第 112—113 页
桃花潭的晨曦。尹建生摄
晨渡。尹建生摄
第 114 页
桃花潭老街。尹建生摄

滁州西涧
第 117 页
西涧湖。资料照片
第 118—119 页
西涧湖。资料照片

舟中晓望
第 121 页
上虞区隐潭溪两侧风景如画。上虞区委宣传部供图
第 124—125 页
东晋宰相谢安隐居地——上虞东山谢公祠。上虞区委宣传部供图

早发白帝城
第 127 页
夔门风景。奉节县委宣传部供图
第 128—129 页
夔门红叶。罗小庆摄
第 130 页
白帝城庙。奉节县委宣传部供图
第 131 页
奉节九盘河景区。陈德光摄
第 132—133 页
早夔门景区。朱奎摄

望洞庭
第 134—135 页
洞庭日落。刘华摄
第 136 页
百米长卷，绿水入洞庭。李池生摄
第 137 页
洞庭湖的麋鹿。李文摄

第 138—139 页
洞庭湖南岳坡码头。欧阳建湘摄

枫桥夜泊

第 140 页
古寺荷花。寒山寺供图
第 141 页
古寺外观。寒山寺供图
第 142 页
古寺外观。寒山寺供图
第 143 页
古寺香火。寒山寺供图
第 144 页
静谧的古寺。寒山寺供图
第 145 页
秋日古寺。寒山寺供图

胜迹篇

第 146—147 页
东坡赤壁。周伟摄

念奴娇·赤壁怀古

第 148 页
东坡赤壁。方华国摄
第 149 页
赤壁夜景。方华国摄
第 150—151 页
赤壁雪景。方华国摄
第 152 页
二赋堂。方华国摄
东坡像。方华国摄
第 153 页
赤壁矶头。方华国摄

赤壁

第 154—155 页
三国赤壁景区门楼。郑青摄
第 155 页
赤壁摩崖。刘克强摄
第 156—157 页
摩崖石刻。万朝晖摄
第 158 页
赤壁公园。方华国摄
第 159 页
赤壁雪景。方华国摄
第 160—161 页
遗爱湖红梅傲雪景区。方华国摄
第 162 页
三国赤壁古战场神武台。郑青摄
第 163 页
俯瞰三国赤壁古战场景区。黄勇勋摄

渡荆门送别

第 164 页
宜都荆门山。宜都市委宣传部供图
第 165 页
宜都荆门山。周星亮摄
第 166 页
俯瞰荆门山。宜都市委宣传部供图
第 168—169 页
荆门山前的公路。宜都市委宣传部供图

雁门太守行

第 170—171 页
雁门雄姿。樊文珍摄
第 171 页
雁门关。樊文珍摄
第 172—173 页
雁门关夜景。张未平摄
第 174 页
镇边古刹。樊文珍摄
第 175 页
远眺雁门关。樊文珍摄
第 176 页
雁门展翅。樊文珍摄
第 177 页
城楼前的士兵塑像。樊文珍摄

第 178—179 页
雁门关。樊文珍摄
第 180—181 页
雁门关。樊文珍摄
第 182—183 页
易水之春。石英杰摄
第 184 页
易水湖。杨增红摄

送元二使安西
第 185 页
古渡夕阳。咸阳市委宣传部供图
第 186 页
古渡廊桥。咸阳市委宣传部供图
第 187 页
渭水河边清渭楼。张丹华摄
第 188 页
古渡遗址。张丹华摄
第 189 页
古渡廊桥。梁颍凯摄
第 190 页
夜晚的清渭楼和城市车轨。梁颍凯摄
第 191 页
考古工作者抢救性发掘古渡遗址时发现的明代残碑。张丹华摄

白雪歌送武判官归京
第 192—193 页
乌拉泊古城。李杰摄
第 193 页
轮台古城。资料照片
第 195 页
古城一角。李杰摄
轮台城内城。李杰摄
第 196 页
古城一角。李杰摄
第 198 页
古城古道。李杰摄

绝句
第 199 页
成都市郫都区唐昌镇战旗村雪山下的春天。江永辉摄
第 200 页
成都市锦江区花乡农居景观。锦江区融媒体中心供图
第 201 页
雪山下的战旗村。郫都区委宣传部供图
第 202—203 页
航拍三道堰。郫都区委宣传部供图
第 204—205 页
三道堰。郫都区委宣传部供图

寻古篇
第 206—207 页
杏花村杏花溪。丁永清摄

水调歌头·明月几时有
第 208 页
超然台前的苏轼像。诸城市委宣传部供图
第 209 页
超然台雪景。郝敬友、卢巧摄
第 211 页
超然台。郝敬友、卢巧摄
第 212 页
诸城恐龙国家地质公园。郝敬友摄

清明
第 213 页
安徽池州杏花村的杜牧与牧童塑像。吴旭东摄
第 214 页
安徽池州杏花村中的梅州晓雪。李成国摄
第 215 页
山西汾阳杏花村。资料照片
第 216 页
安徽池州杏花村。李成国摄

第217页
安徽池州杏花村，晚霞映照秋浦河畔唱晚亭。丁永清摄
第218—219页
安徽池州杏花村中的“白浦荷风”。李成国摄
第220页
安徽池州杏花村中的龙舟。祖光炟摄
第221页
霞光四射的“白浦荷风”。祖光炟摄
第222页
安徽池州杏花村一角。陈斯裕摄
第223页
山西汾阳杏花村。资料照片
第224—225页
俯瞰山西汾阳杏花村。资料照片

山居秋暝

第226—227页
云断秦岭之辋川。资料照片
第227页
五彩辋川。资料照片
第229页
银杏树下话王维。资料照片
第230页
远眺辋川。资料照片

乐游原

第231页
乐游原青龙寺。资料照片
第232页
乐游原青龙寺樱花盛放。姜峰摄
第233页
乐游原青龙寺的樱花。姜峰摄
第234—235页
繁华掩映下的乐游原青龙寺。王旭东摄

春晓

第237页
远眺鹿门寺望江亭。王劲摄
第238页
鹿门山牌坊。王劲摄
第239页
鹿门雪景。王劲摄
第240页
鹿门山中月牙桥。王劲摄
第241页
鹿门山景。王劲摄

浣溪沙·游蕲水清泉寺

第243页
闻一多纪念馆全貌。资料照片
第244—245页
溪水河上游白莲河水库。资料照片
第246页
闻一多纪念馆。资料照片

图书在版编目（CIP）数据

跟着唐诗宋词去旅游 / 孟扬主编 . — 北京：人民日报出版社，2022.8

ISBN 978-7-5115-7439-8

Ⅰ. ①跟… Ⅱ. ①孟… Ⅲ. ①唐诗—鉴赏②宋词—鉴赏 Ⅳ. ① I207.2

中国版本图书馆 CIP 数据核字（2022）第 151006 号

书　　名：跟着唐诗宋词去旅游
GENZHE TANGSHI SONGCI QU LVYOU
主　　编：孟　扬

出 版 人：刘华新
责任编辑：曹　腾　高　亮
封面设计：主语设计
版式设计：格律图文

出版发行：人民日报出版社
社　　址：北京金台西路2号
邮政编码：100733
发行热线：（010）65369509　65369512　65363531　65363528
邮购热线：（010）65369530　65363527
编辑热线：（010）65369523
网　　址：www.peopledailypress.com
经　　销：新华书店
印　　刷：北京博海升彩色印刷有限公司

开　　本：710mm×1000mm　1/16
字　　数：243千字
印　　张：16
版次印次：2023年1月第1版　　2025年10月第3次印刷

书　　号：ISBN 978-7-5115-7439-8
定　　价：79.00元